元町医者の人生哲学

老いと病と死と世の中のこと

乾 達
Inui Susumu
乾 律子
Inui Ritsuko：著

白澤社

まえがき

私たち夫婦二人が町医者をやめて、東京に転居して五年半が経ちました。「光陰矢の如し」といいますが、あっという間の年月でした。

清水（現在の静岡市清水区）での町医者時代には、院内紙「いのち」をほぼ毎月発行し、三九年間で三三九号になり、それらは縮刷版として八冊の本にすることができました。

新しい生活に入ったのを機に夫婦二人で個人紙を出すことにしました。「あしたへ」と名付けて、この「まえがき」を書いている二〇一七年十月で何とか六七号にたどり着くことができました。


学会以外には旅をすることもできなかった町医者生活と較べると、余力を残して医者をやめ、ゆったり余裕のある生活ができるようになったことは、人生の終わりを過ごす暮らし方としては正解だったと思っています。

達《すすむ》は、転居直後から近くの老人ホームでボランティアを始め、毎週一回入居しているご老人と歓談や紙芝居・唱歌を楽しんでいます。月一回は現役時代から続けてきた清水での「精神障害者生活支援よもぎ会」の「やさしい精神保健教室」にも休まず通っています。また、始まって三年になる「文京こころの健康・ほおずきの会」へも参加し、これも生き甲斐になっています。そして、予定のない日の午前中はおおかた図書館で過ごすのを日課にしています。

律子は、六義園・小石川後楽園・百花園などの都の庭園作業ボランティアに励み、週一回の卓球教室に楽しく通っています。孫たちのシャツに刺繍をすることも、幼い者たちとの交流の大事な手段になっています。

四季折々には函館・山形・沖縄に住む子どもたち家族や知人・友人を訪ねる旅も二人で楽しんでいます。

この五年間に社会情勢は悪化の一途を歩み続けています。事故の真の原因も解明せず、避難者を放り出したまま再稼働する原子力発電所、風前の灯《ともしび》の平和憲法、北朝鮮の脅威を煽り続けながら増大し続ける軍事予算、沖縄の軍事基地化の強化、安倍一強による政治の腐敗と堕落、これらを許し容認してきたのは私たち国民です。ここで立ち止まって、一人ひとりがどう生きるかを考え直すときに至っていると思います。

本書の第一章、第二章は、「あしたへ」第一号（二〇一二年四月）から第六五号（一七年八月）までの、達のエッセイから選んでテーマ別に構成したものです。

第一章は、長年携わってきた医療に関わる事柄を交え、人であれば誰もがまぬがれることはできない、老いと病と死についての経験や考えたことなどをまとめました。

第二章は、前述したような社会情勢により憂うべき問題の多い現状について、長年生きてきた者としてこれだけは言わねばならないと思う事柄をまとめました。福島第一原発事故のその後、戦時下に子ども時代を送った経験から平和の大切さについて、沖縄の基地問題、改憲の危機についてです。

第三章は、「あしたへ」の第二号から始まった、律子担当の「身辺雑記」のエッセイ「私の出会った人々」全三三回をまとめました。これまでお世話になった方々、旅先で出会い意気投合した方々の想い出です。

「あしたへ」創刊にあたって、予告として「田作《ごまめ》の歯ぎしりのような声は挙げ続けていきたいと、個人紙を準備しました」と準備号に書きました。その時々に社会で、また日々の生活で、起こったことや考えたことなど、もっぱら自分自身を見つめ直すために書き続けたエッセイです。拙い文章ではありますがこの本を手にしてくださった方が、このエッセイを読むことでご自身を見つめ直すきっかけになることを願っております。

乾《いぬい》　達《すすむ》

律子

（第１号）　２０１２年 4月 1日（日）

あしたへ

〒424-0038
静岡市清水区
西久保 1-6-22
T：054-366-0212
乾　達

大学の自治（一）

四月、桜の開花と共に大学入学の季節がやってきました。二〇〇五年には大学進学率は、五〇％を超え一五〇万人もの新しい大学生が誕生し、大学数も七二六校になっています。

ところがこの大学のレベルはバラバラで九〇分授業の間、学生を椅子に座らせておくのが困難な大学もあり、漢字が碌に読めないような学生が多い大学もある一方、卒業論文が学会誌に載ったりするような大学もあります。

大学のレベルを上げるために中教審からは「成績評価を厳しく」と答申が出されても厳しくして落第生が増え、留年者が出ると受験生が減ってしまう、落第させると折角の就職がフイになってしまって教授の側も厳しくできない。「あの大学は、就職の面倒見がよい」と人気が出るとなると大勢の受験生に来て頂けるということになります。こうなると大学とは、一体何かという疑問が生じてきます。学ぶためにではなく、就職のための手段として、出るために大学に入学することが当たり前になっています。

官僚育成を目的に設立された旧帝国大学からは、毎年続々と出世主義の新官僚が生み出されてきています。今や大学は、独占資本の技術者の大量養成工場と化しています。

一〇四億八七〇〇万円、この数字は一体何でしょうか。これは〇六～一〇年度に国立＝大学に原子力関連企業から提供された原子力関連研究資金です。（一月二二日毎日）原子力関係だけでこれだけの額ですから、薬業界、防衛省関連企業など様々な企業や団体からどれ程の資金が研究助成の名目で流入しているか測り知れません。これでは大学の自主独立・自治などは到底おぼつきません。

少なくとも国立大学は、人民大衆のためのものであり、社会の進歩と平和の砦でなければならないのです。

一九六一年、私が医学部最終学年の時、河野勝斉という既に大学の理事長・同窓会長を兼任していた人物が学長に就任するという事態に対して、人格的にも問題あり、大学の私物化反対を掲げて学生自治会が就任反対に起ち上がりました。

学生は、羽仁五郎氏を招いて「大学の自治」について講演をして頂きました。ボローニャの世界最古の大学の起源から説き起された講演は、感動的で今でもその一部を鮮明に思い出すことができます。その後、学生はストライキに突入しました。

（次号に続く）

「あしたへ」第１号（2012年4月1日）

元町医者の人生哲学——老いと病と死と世の中のこと

目次

元町医者の人生哲学——老いと病と死と世の中のこと＊目次

まえがき・3

第一章　老いと病と死について（乾　達）

一、切実な老人問題……14

1　老人の仲間入り・14／2　失われた老人の役割・16／3　老いをどう生きるか・19／4　不安の中で生きる老人・22／5　消えていく敬老思想・25

二、医療とは患者に安心と希望を届ける仕事……29

1　医師は自然治癒を補佐するだけ・29／2　良医の必要条件・30／3　現在の医療を眺めて見ると（一）・31／4　現在の医療を眺めてみると（二）・32／5　現在の医療を眺めてみると（三）・35／6　現在の医療を眺めてみると（四）・37／7　現在の医療を眺めてみると（五）・39／8　父の遺稿「圧診法　よもやまばなし」・41

三、死を考える……43

1　私が子どもだった頃・43／2　以前は身近にあった死・44／3　易々と死ねなくなった現代・47／

4　短いから貴重な人生・51／5　医師として多くの死に関わる・54／6　死を知り、生を知る・57／7　死への恐怖とは・60／8　死ぬときは苦しくない・64／9　死は別れのとき・67／10　死に対する最善の準備は一日一日を悔いなく生きること・71

〈コラム〉吉田松陰の誠を貫いた人生・74

四、笑いの効用……79

1　いつでもこころに微笑みを・79／2　笑うことは素晴らしい・81／3　ユーモアの精神・84／4　笑いは内面の自由・86／5　免疫力を高める笑い・89／6　笑いで若さを取り戻そう・92

第二章　あしたへ――よりよい未来を築くために（乾達）

一、原発全廃に向けて……98

1　大飯原発再稼働の暴挙・98／2　人は誤りを犯し機械は必ず事故を起す・104／3　放射線は長期にわたり人体を害する・108／4　未だに危険は去っていない・111／5　亡国への案内人――原子力村の官僚・自民党・御用学者・114／6　私たちは被害者でもあり加害者でもある・119

二、戦争のない世界へ――反戦平和の思想を守り伝える……123

1　私の戦争体験・123／2　時代をふり返る――戦争の時代・125／3　集団的自衛権の行使容認を許してはなりません・146／4　自国の過ちを素直に認め謝罪し、けじめをつけよう・148／5　「すべて剣をとる者は剣にて亡ぶなり」（新約聖書マタイ伝）・154

三、沖縄基地問題……158
1　住民の生命・財産を脅かす海兵隊・158／2　沖縄普天間基地の無条件返還を・160／3「思いやり予算」を廃止せよ・162／4　危険を増大させる辺野古新米軍基地・164
〈コラム〉大学の自治・166
四、日本国憲法と改憲の危機……170
1　出発点に立ち戻って憲法前文を読んでみよう・170／2　憲法第九条を素直に読んでみよう・173／3　自由民権運動と五日市憲法草案・176／4　安倍壊憲内閣は憲法第九条に照準を当てた・181／5　憲法改憲のもう一つの目玉――緊急事態条項の新設・183／6　平和憲法第九条は世界の宝――反戦平和の声を挙げよう！・186
第三章　私の出会った人々（乾律子）
（1）大祐さんと庭木の手入れ・192／（2）小学六年担任小島勝治先生・193／（3）母と手相占い・194／（4）朝比奈一代さんと草木染・195／（5）姑と「もてなし」・196／（6）安曇野のマサコさん・197／（7）父と「あんこうのとも酢」・199／（8）長野県佐久の柳澤さん・200／（9）水俣の浮島さん・201／（10）「いのち」の読者、内藤花子さん・202／（11）さが子さんと高尾山・203／（12）杉山さんの包丁研ぎ・205／（13）沖縄の嶋原さんご夫妻・206／（14）六義園ボランティアの松本さん・207／（15）堀切せんべいのおやじさん・208／（16）舅・蕃・210／（17）安曇野の滝澤さん・211／（18）愛子おばと錦紗の着物・212／（19）小学四年担任梅原先生・214／（20）植物園案内人・武部令先生・215／（21）母の従兄弟の木内造酒夫さん・216／（22）鎌倉で出会った與那嶺さん・218／（23）熊本の中路さんと水上村の宿・219／（24）高校時代の親友たち・221／（25）イスノキをめぐる出会い・222／（26）滝谷さんと青花・223／（27）レンゲショウマの花で思い出す樺美智子さん・224／（28）有明美術館館長の矢野英さん・226／（29）従姉妹の弓ちゃん・227／（30）鈴木眞澄さんと刺繍・228／（31）竹宇治君とアンデルセン『絵のない絵本』・229／（32）万里子さんと折り鶴・231／（33）急死した昭八さん・232

あとがき・235

カバー・表紙絵・本文挿絵＝ＮＰＯ法人「精神障害者生活支援よもぎ会」絵画教室の作品より

第一章

老いと病と死について

（乾達）

一、切実な老人問題

1　老人の仲間入り

静岡市清水で医院を営んでいた私は、二〇一二年三月に医者を引退しました。仕事人間だったので、引退後はどうなることかと思っていましたが、十分楽しみながら日々を過しています。

東京に転居した当初、最も腹立たしかったのが、バスや地下鉄で席を譲られることでした。「近頃の若い者は……」とよく言われますが、東京では若い人たちがよく席を譲ってくれます。清水にいた時にはバスや電車に乗ることがありませんでしたから、初めの頃は「席を譲られるほど年寄りじゃないよ」とつっぱってみましたが、考えてみてもみなくても、この原稿を書いている二〇一三年三月で七八歳になり、これまでに心筋梗塞や脳梗塞を経験しているのですから、世間的にいえば立派な老人ということになります。

古人が老人の姿形を四季に例えて詠んでいます。

目は霞み（春）夏は蝉鳴き

歯は落ちて（秋）頭に霜いただけるかな（冬）

まさにこの通りで、歯だけは全部自前で一本も抜けていませんが、目は霞んで本を読むのに支障が出てきました。邪魔にはなりませんが耳鳴はいつもしていますし、頭は禿げあがり残った髪の毛も真白になりました。これでは明らかに老人だと認めざるを得ません。したがって、最近は席を譲られた時には素直に「ありがとう」と言って座らせていただきます。

確かに体力の衰えはありますが、理想主義も捨ててはいません。多少の冒険心もあります。権威・権力に対する反抗心も旺盛です。我が道を行く勇気もあります。物事に感動する感性も失っていません。未来への希望も持っています。この物欲にまみれた退廃的な社会を変えたいという気力もまだ持ち合わせています。こうしてみるとまだまだ若さを失ってはいないと自分では思っています。

誰もが年をとったら年相応に静かに、迷いも焦りもない、美しい老年期を迎えたいと願っています。ところが現代社会は新しいもの、生産性の高いもの、価値を生むものを目まぐるしいほどのスピードで追求している社会になってしまいました。若いこと、生産する力を持っていること、新しいことが価値あるものだという風潮が世の中を席巻しています。現在の使い捨て文化の世界では老人も不用品として見捨てられ蔑まれる存在になってしまいました。これから何回か老人問題を考えてみます。

（第12号）２０１３年3月1日

2 失われた老人の役割

世界中を旅した写真家の藤原新也はこう書いています。

……第三世界に生きる老人の姿はえてして美しく威厳に満ち、自らが老人であることを恥じていないばかりか、誇りさえ持っていることが多いということである。そして逆に先進国になるほど、そこに住まう老人の姿は淋しく、そしてときには醜いということである。

私にはそれが何故であるのか、何年も分からないまま、その土地土地での老人の姿の落差を見続けてきた。しかし、あるときその謎が解けた。単純なことだった。それは老いというものになんらかの価値を見出せる土地における老人は輝き、そうでなく、老いというものになんの価値も見出せない土地に住まう老人は輝きを失うということである。

（「老いの美醜」『老いの発見 1 老いの人類史』岩波書店、所収）

役目を失った老人

私は一九三五（昭和十）年静岡県庵原《いはら》郡袖師《そでし》村西久保で生まれました。したがって太平洋戦争前と戦中をわずかに知っている世代です。戦後の混乱・復興期・高度成長期・バブル崩壊、そして現在と世の中の移り変わりを見てきました。

戦前、戦中と戦後しばらくは袖師村だけではなく、周辺の村々はそれぞれ農業・漁業を中心の共同体を形づくって暮していました。その時代の老人は、ある種の権威もあり、価値を認められ尊敬もされていました。ところが戦後、特に高度成長期以後は急速に生産性と効率を重んずる社会に転換して、人も物も合理化が進んでスクラップ・アンド・ビルドに突き進んできました。新しい物を追い求める社会にすっかり変ってしまいました。年寄りが若い者に伝えようとするものなどは、見向きもされない時代になってしまったのです。

私の子ども時代、戦前から戦中までは、村は農村であり漁村でした。それぞれの部落に鎮守様があって祭りが行なわれていました。そこでは、子どもには子どもの役割が、若者には若者の役目があり、老人はお目付役として威厳を保っていたように記憶しています。そこには良くも悪くも生活共同体がありました。老人には、祖先から伝えられてきた記憶を次の世代に伝達するという役割がありました。

今では、海岸は埋め立てられ漁業も衰退し、漁協も無きがごとしです。私が生まれた村には今や田も畠もほとんどなくなりました。現在の農協は株式会社同然です。村落共同体は、無残に崩壊して、多くの人は勤め人となり、役所・会社といった目的を持った共同体の一員になっていきました。

現在七〇代後半から八〇歳以上の老人が子どもだった頃、あるいはそれ以前の社会の進歩の中心は、知恵の蓄積であり、絵画・音楽・工芸などの文化の蓄積が進歩とみなされていた時代でした。そのような社会では、年配者は伝統や技能や美的感覚と共に、年を取ることによって理想主義に人格の向上が伴い、尊敬もされ権威も持っていました。

ところが、第二次世界大戦を経て復興を遂げ高度成長期に突入すると、社会が大きく変わりました。

それと同時に進歩についての考え方が一変してしまいました。

老人も若者も老成する社会

物が豊富になり、科学的技術が進歩することが社会の進歩ということに様変わりしてしまったのです。生産第一主義・利潤追求・科学万能の社会にあって、老人は生産をする労働力たりえませんし、老人の持っている知識や経験は、時代遅れで役に立たなくなりました。記憶は、コンピューターに任せればよいこととなり、今や老人は無用の長物と成り果てました。

人生を植物に例えてみますと、地上に芽を出すのが誕生であり、葉が育ってくる子ども時代、花の咲いた青春、実をつけた成人になれば働き盛り、そして葉も落ちて枯れてゆく老年期に入っていくわけですが、今の世の中では草花が枯れるという風情からはあまりにもかけ離れた老人の姿を多く見せられています。

四季が必ずめぐってくるように誰もが老いていきます。今は盛んな若者でもいずれは世の中の役に立たず、からだは衰え、頭の働きも鈍くなって、他人の世話にならないと生活できなくなると見捨てられ、蔑まれる存在になりかねません。それどころか現在のような使い捨ての社会では、大多数の将来の老人がそうなる可能性は大きいでしょう。

六〇年安保闘争から五〇年以上が経ちました。当時国会前を埋め尽した若者たちは、未来を切り開いて真の民主主義を確立しようと大きな夢を抱いて社会に巣立っていきました。その若者たちが社会の中心を担うようになった日本社会は、彼らの夢を実現するような豊かな社会になるはずでした。

確かに物質的には豊かになったように見えます。しかし、大きな資本の波はいとも簡単に彼らと共に彼らの夢も呑み込んでしまいました。かつての若者たちも今や八〇歳前後の老人になっています。その老人の眼に映る現在の若者像は、若くして老成して、未来への夢や理想主義や社会を変革しようとする信念を失った「若者の老化」として映っています。では「若者の老化」がどうして生み出されたのでしょうか。それは、彼らが育った社会の在り方の中から生み出されたものです。

若者の夢を奪い、老成させた社会の老人は長生きして衰え、厄介者、福祉の対象となっています。

（第13号）２０１３年4月1日

3　老いをどう生きるか

私は、映画が大好きです。中学・高校時代は日本映画の復興から全盛の時代でした。中学は二部授業で、高校は全く自由な雰囲気で週休二日でしたから映画を見る時間はたっぷりありました。なかでも好きだったのは、フランス映画でした。「大いなる幻影」「天井桟敷の人々」「肉体の悪魔」など題名を見ただけで映画の一シーンが目の前に浮んできます。それだけではなく、吾が青春の時代が甦ってくるような気さえします。

老人福祉は世界的課題

これまでに見たフランス映画の中で、いま想い出されるのは、ジュリアン・デュヴィヴィエ監督の

映画「旅路の果て」DVD ジャケット

「旅路の果て」です。一九三九年に制作されています。もちろん観たのは戦後です。

往年、若かりし頃には華やかな活躍をしていた俳優たちが、老いの身を寄せている南仏の養老院が舞台でした。その養老院が経営危機に陥り閉鎖されようとしている時、チャリティーの芝居がその年老いた俳優たちによって上演されることになります。その中のさまざまな人間模様が厭世的ながら、ほのかな優美さを漂わせていた作品だったという印象が残っています。

なぜ、今この「旅路の果て」がそんなに気になるかといえば、二〇一三年三月に仕事を辞め東京に転居して、その直後から公設民営の特別養護老人ホームに毎週水曜日に午前・午後、傾聴ボランティアとして入居している御老人のお相手をするようになり、日本の老人のおかれている現場を垣間見るようになったからです。

「旅路の果て」の養老院の住人たちは俳優だったこともあって、淋しさの中にも優雅さがありました。日本でも一九六二年、五〇年も前に今井正監督が映画「にっぽんのお婆あちゃん」で早くも老人問題を取り上げて、老人ホームで生きる老人たちと家族の関係を描いています。そこに暮す老人たちは認知症あり、ひがみあり、争いありで問題は山積していますが、活気があり、笑いもありました。

二〇一二年にテレビの日本賞を受賞した、スペインのアニメ「皺」も老人施設の人間像を描きながら老人問題を提起し、考えさせる優れたドラマになっていました。今や老人福祉は世界的な課題です。

招かれざる客〝老い〟

清水で医者として働いていた当時にも、何カ所かの老人施設を見てきました。特別養護老人ホームは「家庭での生活困難な高齢者が、介護やリハビリを受けながら安心して暮していくための入所施設」ですが、私が現在、傾聴ボランティアで通っている施設は、超高齢者、認知症の方が多く大半が車椅子での移動です。したがって活気も生気もなく潤いが全くありません。正直にいえば、ここを自分の終《つい》の棲《すみか》にはしたくないというのが本音です。

「生老病死」これは誰にも定められたものです。人は遅かれ早かれ老いて、やがては「亡骸《なきがら》」となって土に還っていくのです。老いも死も必ずやってくる招かれざる客です。招かれざる客である死は、突然やってきます。この死に対して人は、何とか健康を取り戻したいと努力します。しかし、死に勝つことのできる健康はありません。

突然やってくる死とは異なり、老いは一日一日確実に忍び寄ってきます。妙齢な美女も、逞しいスポーツマンもやがては「認知症」「寝たきり」「要介護」の最後の数年間を過す可能性は大です。そこで多くの人はP・P・K（ピンピンコロリ）を望みます。ポックリ信仰の本質は、死にたいという願望ではなくて、最期まで人間としての尊厳を保ったまま人生を全うしたいという願望に他なりません。若くても、壮健であっても早くから老いについて考え、準備と覚悟をしておくことが重要です。

老化には生理的老化、心理的老化、社会的老化があります。江戸時代の『耳袋』という書物に横井也有の作った狂歌が七首紹介されています（巻之四、「老人え教訓の歌の事」）。

皺はよるほくろは出来る背はかがむあたまははげる毛は白く成る
手は震う足はよろつく歯はぬける耳は聞えず目はうとくなる
よだたらす目しるをたらす鼻たらすとりはずしては小便もる
又しても同じ噂に孫じまん達者じまんに若きしゃれごと
くどうなる気短に成る愚痴になる思い付くこと皆古うなる
身に添うは頭巾・襟巻・杖・眼鏡・たんぽ・温石・しゅびん・孫の手
聞きたがる死にともながる淋しがる出しゃばりたがる世話やきたがる

右の狂歌は、老人の生理的老化と心理的老化を実に巧みに詠みこんでいます。老人になったら老人らしく、病人になったら病人らしく生きていくしかないようです。

（第14号）２０１３年５月１日

4　不安の中で生きる老人

戦争に破れて国土が焦土と化し、茫然自失から復興に向っていた六〇年前は、老いも若きも皆一丸となって新しい社会を創るため必死になり、義務でもあるかのように働いていました。その当時は、経済が復興して物が豊富に手に入るようになれば、人は幸せになれると誰もが思っていました。しかし、物の豊かさと幸せは、同じではないことがはっきりしてきました。真の豊かさとは人間と自然、人間と人間の関係の中にあります。家族、社会、友人、知人との関係の中にあるのです。

失われた敬老の精神

私も、皺はある、ほくろはできる、目はかすむ、頭ははげる、髪毛は白くなって、白内障の手術も受けました。本物の老人の仲間入りです。

人間の生理的老化は、人を選ばず必ず訪れます。人間の生理的ピークは、一八歳とも三〇歳とも言われています。脳細胞は完成後、破壊の一途を辿ります。しかし、生理的老化は、個人差もあり栄養状態がよくなったこともあり、現代では遅くなっていることも確かです。それに伴って世界でも有数の高齢化社会となりました。文明によってつくられた老年期（老い）とも言えます。

かつて、日本は韓国と並んで敬老の国と言われて老人を敬うことが、美徳の一つとされていました。その日本においてさえ老人に対しては、マイナスのイメージが年々強くなってきて、厄介者、粗大ゴミのような扱いをされるようになってきています。

現代の社会のあり方は、生産性を重視する価値観だけが横行しています。その結果として、生産性の向上に役に立たない老人は、福祉の名の下に死ぬまで生かしておきましょう、というのが現在の世の中です。

しかし、働けなくなった老人の人生はそれで終わり、老人は粗大ゴミでしかないのでしょうか。

海の底にも、高い山の頂きにも現代人とは関係なく存在している自然があります。それらが人間の価値観とは全く関係なく存在していることを考えたら、自然の一部である人間が老いて死んでいくことにも意味があるし、価値があるとは考えられないでしょうか。

老いに対する準備をしよう

生理的老化と共に、社会的老化があります。それはサラリーマンであれば定年であり、法律が定義する老年です。城山三郎は小説『毎日が日曜日』（新潮社）の中で、定年を社会的死であると言い、定年当日は社会的葬式であると言っています。会社員や役人が定年退職するということは、その人の経済的規模と権利自由が縮小すると同時に、社会的活動と対人関係を失うということです。すなわち、社会的老化とは、定年退職によって社会的・経済的地位を失うことです。

現在の日本では、かつての農村や漁村のような生活共同体は崩壊して、目的を持った役所・会社といった共同体の中で運が良ければ定年まで働いていくのですが、その共同体は目的を持って運営されているのですから、その目的に適うような能力を失った時には、お払い箱になるのは当然のことです。組織から切り離された老人は、その時になって帰るべき生活共同体がないことに気づきます。今まで身を置いていた組織から追い出されて、個人に立ち帰った自分と向き会わなければならなくなるのです。しかし、どのような生き方をしてきたにせよ、老人になった自分を支えて、自分なりに真っ当に他人と関わり合って屑扱いされないように、自分自身で自分の生き方を引き受けなければなりません。これまでの人生の大半を組織の中で生きてきて、年を取って生活を変え、個として自立することは多くの人にとって大変困難なことでしょう。

したがって、若い人でも、仕事仕事と組織に尽くしている人でも、必ずやってくる老いに対する準備と心構えをしておかなくてはなりません。

わが国の老齢人口の増加に対して社会福祉予算の不足は明白です。社会福祉施設は貧弱で、老人ホームの収容ベッドは不足しているうえに、そこで働く人たちは人員不足のため重労働を強いられ、低賃金のため定着率が悪い状態が続いています。これでは入所者は十分なケアは受けられません。ホームヘルパー、ソーシャルワーカーも不足しています。現在、老人の多くが経済的にも介護面でも大きな不安を抱えて生きています。

（第15号）２０１３年６月１日

5　消えていく敬老思想

日本における敬老思想の源流は、身分秩序を重んじた年寄りの尊重であったと思われます。それに徳川時代の儒教思想の隆盛と普及によって、敬老思想が形成されたのです。その特徴は、年長者や老人を、年を取っているというだけで無条件に尊敬の対象とするというものでした。その裏返しとして、若輩者は、若いというだけでないがしろにされるということを含んでいました。

老人が経験や慣習についての知識を持っていることと、親への愛が敬老道徳、すなわち孝の思想と相俟って老人が社会に関わる主役たりえたのです。

老人が蔑視・嫌悪される時代

老人が賢者として尊敬されるには、老年者の老衰が進行しておらず、学問や科学が未発達で、慣習が生活の中で大事な規範であり、経験が判断に重要な役割を果していなければなりません。ところが、科学技術が日進月歩でめまぐるしく発展し、社会生活の変化が著しい現在では、長年の経験や慣習が役に立たなくなりました。

さらに、生産性が強調され、スピードと大量生産の時代に入ると、若さのみが賛美されるようになって、老人は無能力、不恰好なものとして蔑視、嫌悪される時代になってしまいました。

光陰流水のごとし、今三〇代、四〇代の壮年者も四〇年、三〇年を経れば七〇代の老人の仲間入りをします。ところが、老人問題や福祉について、当事者である老人世代以外の社会的無関心は広まるばかりです。

老いと病の効用

老人にとって最も関心の強い課題は、自分自身の老い・病・死をどのように受容するかということです。

若さと健康は空気のようなもので、老いたり病んだりして初めて実感としてその有難さがわかります。さまざまな困難のなかで四苦八苦した時、また病気や老いで悩みに突き当った時、人は自分に出会い、自分を見い出すことがあります。食欲、性欲、金銭欲、物欲、権力欲を満たすために身を粉にして働き、努力してきた愚かな自分であったことに気付かされるのです。

老いと病は、ある意味では精神的進歩をもたらします。老いと病は、私たちのさまざまな欲望に明確な限界を示して、私たちの不安に引導を渡してくれます。年を取ったり、また重い病の床の中で、何かもっと大切なものがあったのではないかと考えるようになります。老いや病は、生きるために最も大切なものを人間に気付かせるためにあるのではないでしょうか。

老いと病は、「人間は必ず死ぬ存在である」ことを教えてくれる心の経験でもあります。したがって、老いも病もからだに生じた恐怖ですから、万人に忌み嫌われるわけです。

洪水は誰でも恐れますが、渡良瀬川の治水論の中で田中正造は「たまたま大雨あれば、樹下落葉肥土随時に流れ出で田園を培えり。魚貝繁殖す、さればこれを名付けて天与と言い、ために洪水を祝せり」と「昔は人民は洪水を祝す」と書いています。

例えはやや的外れかもしれませんが、忌み嫌われている老いと病も、これを真に受容して、正しく理解することができれば、より深みのある人間に、より強靭な人間に晩成することができます。

若くても老人でも病んで死に直面した時、自分の生きてきた過去に思いを馳せて己を自覚するのではないでしょうか。老いは心身の衰え、病気もからだの障害ではありますが、「ここまで生きられたのだから、これでいいじゃん」と、「病気にはなったが死なずに生きている、これでいいじゃん」と上手に受け入れることで、老苦も病悩も軽減することができるでしょう。

語ることで生き直す

私は毎週一日午前午後、近くの特別養護老人ホームで、入居しているお年寄りの話を聴くボランティアをしています。最近は紙芝居をしたり、唱歌を一緒に歌ったりしています。約百人の御老人がいますが、実にさまざまな人生がここにはあります。

一二歳時に関東大震災を経験して、父親が焼死した百二歳の長唄の名取りの方、幼少時にはお姫様として育てられ母親に抱かれたことがなかったという方、茨城の貧村で村にチフスが流行して祖母・母・弟を失くし、早くから奉公に出された方、貧民街で生れ育ち、夫が遊び人で昼夜働いて苦労して三人の男の子を育てた方など、百人百様の生涯を聴くことができます。どの方の話も本当に感動的です。

御老人は、誰もが語りたがっています。語り出すと顔が輝き出します。彼ら、彼女らは、語ることで自分の人生を生き直しているように思えます。勉強になります。

（第16号）２０１３年7月1日

二、医療とは患者に安心と希望を届ける仕事

1　医師は自然治癒を補佐するだけ

私はこれまで五〇年医療に携わってきました。引退した今、はっきりいえることは、私が自分で治した患者はいなかったということです。

医師は、病気を治すことはできません。病気は自然がこれを治しているのです。私は、自然が病を治すのを手助けしたのに過ぎません。

医師の仕事は、病気を予防することです。したがって仕事と暮らしの場であった清水での公害反対運動は私の医療の延長線にあったし、「医学講座」や院内紙「いのち」の発行も、患者さん方を治療の主役にするために続けてきたことでした。

病者の苦痛を少しでも和らげ、病人を癒やすことが医師の仕事です。さらにその病人がたとえ死に臨んでいたとしても、希望を与え続けることです。では、自分にそれができていたかと問われれば、とてもできたなどということはできませんが、そうできるようになりたいと努力してきました。

ブルガリアの諺にあるように「自然と時間と忍耐が三人の偉大な医師」です。医学、医療は自然科学の領域と思われていますが、それ以上に患者の人格と医師自身の人格を交流させることの方が数倍も重要であるということが、医師としての晩年に近づいてきた時やっとわかってきました。

医学は、患者の病気を診断し治療する義務と同時に、患者を教育して、養生法を食事・運動・精神面において身につけてもらうことがさらに重要であることに気づき、私なりの「教育医学」を実践してきました。

医療は、患者に希望と安らぎを届けることを第一義としています。したがって、病状が思わしくなくても「きっとよくなりますよ」と落ち着いた笑顔で伝えなければならないこともありました。これができなくては一人前の医者とはいえません。その医者の一言が絶大な治療効果をもたらしたこともあります。

患者によっては、自分の病気が予断を許さない危険な状態だと知っていても、主治医である私が骨身を惜しまず、懸命に自分のために看てくれていることがわかって満足して、それがきっかけで快方に向かったこともありました。

医療の第一の目的は、患者を病苦から救うことであり、徒《いたずら》に命を長引かせることではありません。もし、治療が病苦を軽減するのではなく、延命だけであったら、その治療は中止されるべきものです。

（第24号）２０１４年3月1日

2　良医の必要条件

医療の中で医師が行なわなければならない最も大事なことは、患者と心を通わせてその人が病気を受容するよう努めることです。気持を安定させて、良かれと思って治療を行ない、自然が病気を治すか、死に至らしめるまでの間患者を慰め続けることです。

医師は常に勉強して、医学的知識をより豊富に蓄えなくてはなりませんが、それは医学書や講演会などから得られるものだけではなく、患者という〝書物〟を熟読することです。生活人としての患者をよく看ることとは正しい治療法に医師を導いてくれます。

アラブの諺に「一度も病気になったことのない人間はよい医者になれない」とあります。

私は幸いにも小学二年生の時、肺浸潤と診断され一年間絶対安静にさせられて一年遅れで卒業しています。大学二年の時、医者になることをやめようと思い一年休学したので大学も七年かかっています。医者になってからは休むことなく仕事に励んでいましたが、六五歳の時心筋梗塞、七一歳で脳梗塞と、再起不能になっても不思議ではない病気を経験しましたが、七七歳まで元気に仕事を全うすることができました。それぞれの休んだ期間は、今ふり返ってみると本当に貴重な時間で、健康時に学んだものの数倍も得るものが多かったと、病を得たことに感謝しています。病に遭遇しなかったらましな医者にはなれなかったと今は思っています。

小学生の頃からも、また医者になってからも自分の頭がいいと思ったことは一度もありません。医者になるのに頭がいいことは必要条件ではありません。普通並みの頭であれば充分です。人を愛する心、病人を思い遣る気持と仕事に懸命に打ち込むことができればいい医者になれます。

ゲーテは「医者に真の信頼を置くことのできないま、それでも医者なしでやっていけないのは、なんとも耐えがたいことだ」と言っていますが、現代のように医療が医業になり、医療経済が声高に叫ばれている時、ゲーテの時代にも増して医師は信頼を失っているのではないでしょうか。

科学や医術が現在のように進歩していない未開の時代にあっては、呪術や宗教を医術と思っていました。現代のように最新機器でちりばめられた医術がこのように強力になると、人々は医術を宗教と取り違えるようになっています。現代人は、主体性を失ってしまっているのではないでしょうか。

（第26号）２０１４年5月1日

3　現在の医療を眺めて見ると（一）
――医師は患者の話を聞いているか

「どの患者も自分の中に自分自身の医者を持っている。患者たちはその真実を知らずにわたしたちのところにやってくる。わたしたちが、その各人の中に住んでいる医者を首尾よく働かせることができたら、めでたし、めでたしなんです。」（シュバイツァー）

私が診察室を離れて四年近くが経ちました。医療に携わってきた五〇年を振り返って現在の医療について感じていること、考えていることを書いてみます。

最近の若い真面目な医師は実に知識が豊富で、よく勉強していることに驚かされることがあります。一方、現在の若い医師たちは注意深く患者の話を聴いたり、触ったり、鋭く観察したりしているでしょうか。疾患については豊富な知識を身につけていても、生活者としての患者の問題についてはあまり深く考えていないのではないでしょうか。病人の問題に迫り、人間のケアをするという教育は受けていないのではないかと思うことがあります。

　私は亡くなった患者を解剖させていただく病理学教室に籍をおいて、内科の医局を経ずに総合病院の内科に直接就職したこともあって、臨床医はかくあるべきかとか、どのように考えたらよいかなどについて、きちんとした指導を受けたことはありませんでした。新米医師は先輩の医師たちの診察や治療の仕方を観察して、見よう見まねで覚えてきました。これは当時でも現在でも大学の医局にいても、それほど変わってはいないのではないかと思われます。先輩や指導医が自分の診断に至るまでの思考過程を具体的に教えてくれるようなことはほとんどありませんでした。

　現代社会はまさにコンピューター時代です。医療の中でも電子カルテは当たり前になり、心電計をはじめとして自動診断システムも広く普及しています。患者の症状と所見をキーに打ち込むと必要な検査が表示され、検査成績には異常か正常かで示されます。「イエス」か「ノー」か、を選んでいくと診断から治療法まで容易に辿り着くことのできる時代となりました。

　ところが症状がはっきりしない時や、症状が複雑だったり混乱したりすると、診断と治療の形式に当てはまらず、このシステムはいとも簡単に崩壊してしまいます。この時、医師の洞察力が必要となります。

（第46号）２０１６年１月１日

4　現在の医療を眺めてみると（二）
——画像と数字の医療

コンピューターの進歩の速さには目を瞠《みは》るものがあります。老人の介護の一部をロボットにやらせようというのですから笑い事ではありません。

　医療の分野でのコンピューターの診断・治療システムもさらに進歩していくことでしょう。しかし、この優れたシステムも医師が自分の目で見て、手で触って、自分の頭で創造的に考えることの役には立ちません。むしろ医師の考えを広げるどころか、狭めているのではないでしょうか。これからの医師はコンピュータの中にプログラムされた診断・治療システムのキーパンチャーとなり、機械の忠実な下僕になり下がるのではないかと危惧しています。

現在の医療は科学的なエビデンスに基づいた医療（ＥＢＭ）の時代になりました。すべての治療法の決定は、統計的に立証されたデーターに基づいて行なうというものです。多くの病院で統計的に立証されていない治療法は、臨床試験の成績に基づいた一定のデーターがでるまで行なうことができないのです。

治療法を選択するにあたっては、その研究結果を参考にすることは当たり前としても、ＥＢＭに頼り切っている現在の医療においては、医師が数字と画像だけに依存して受身的に治療法を選択する危険性があります。

統計や数字は、目の前で苦しんでいる生身の患者の代わりにはなりません。統計は平均を表わしているだけです。数字は、それぞれの医者の人生観や歩んできた経験に基づいた智恵によって、または、臨床研究の成績から得られた成果や治療法が患者の要望や価値観に合致するか否かを判断する医者個人の見識に対して、補助的な役割を果たすにすぎません。

診断の基本は患者の言葉

どのように医学研究が進み、医療技術が革新されたとしても、臨床の場で基本になるものは医師と患者の会話です。すなわち言葉です。何を心配しているのか、どこが気になるのか、患者が医師に伝え、医師が質問に答える。こうした対話を通して医師は自分の考え方の最初の手がかりを掴むのです。

患者は医師の話す内容及び話し方を通して医師の考えていることに探りを入れるのです。考え方だけでなく医師の感情的な動きをも推し量りもするのです。

五〇年間医者として医療に関わってきて、医師の性格やその日の気分が医学的判断にどれほど影響を及ぼすかは、他人には見えなくても当の本人にはよくわかっています。したがって、医師は身辺を整理し、医療以外の雑事からは身を遠避けておくべきと考えています。

どんなに自分では優秀な医師であると思っていても、自分の考え方に疑問を持って、自分の診断や治療が間違っていないかと常に反省することが大切です。

医師は科学としての医学の理解に止まらず、人間の魂の世話をする任務を背負わされているのです。医師は患者がどのような死に方を望んでいるか、最後の時をどのように過したいと思っているのか、しっかり知っておかなければならないのです。

患者の言葉が診断を教えてくれる

患者の言葉をよく聴けば患者が診断そのものを教えてくれます。患者の言葉から離れた医師、患者の話を聴こうとしない医師は医者とはいえません。

医師がどのように考えているか、どんな医師かは、その医師がどんな話し方をして、どんな聴き方をするかでわかります。何を話し、伝えようとしているかその内容もさることながら、その医師が患者の表情はいうまでもなく、医者自身の表情や身振りや姿勢などの言葉以外のコミュニケーションについてどれだけ気を使っているかなどからも医師の診療姿勢がわかります。

すべての患者は話したがっています。医者に聴いてもらいたいと思っています。患者が自由に話すだけでなく、医者と対話ができるように話し易い雰囲気をつくってあげることが大切です。

正確な診断を得るためには、患者が自由に話せることがとても重要です。患者が医師を怖がっていたり、おじけづいていたりしては自由に話すことはできません。患者が話している途中で腰を折ったり、医師に都合のよい方向に話を向けたりすると、重要な診断の手掛りを失うことがあります。

患者に自由に話してもらうためには、聴き手の医者が患者の話していることに強い関心を持って、真剣に聴こうとしていることを感じてもらうことです。患者の話す言葉の中に謎を解く鍵が隠されていることがあるからです。

患者の多くは怖れと不安を抱えて来院しています。中には自分の病気を恥ずかしいと思っている人もいます。そうした時「心配しているんですね」「不安で眠れなかったんですね」などと患者の気持を汲みとる態度で接することで、患者の気持は一段とリラックスして医者との距離は縮まります。患者に自由に話してもらうためには、患者の気持を患者の立場になってよく理解することです。

（第47号）２０１６年2月1日

5　現在の医療を眺めてみると（三）
――視ない、聴かない、触らない

医療の中で医師が重要な役割を果していることはいうまでもありません。病院よりも担当医師の良し悪しが治療経過に関わってきます。ある医師はあなたにとって最高の医師であるかもしれませんが、同じ医師が他の患者にとってもそうであるとは限りません。

信頼関係こそ医療の基礎

医師と患者には相性があるからです。私の患者さんの多くは心優しく、思い遣りがありましたから、四二年間の町医者生活の中で、患者さんとの関係でそれ程嫌な思いをしたことはありませんでした。

それでも医者も人間ですから苦手な患者もいました。そのような患者がくどくどと症状をいいたてたりすると、話を途中で打ち切って、おざなりの診断治療をしたことも数は少ないのですがありました。今は深く反省しています。

医師が患者に対して好い印象を持っていないということは、多くの患者は敏感に察知します。医師との関係が気まずいまま治療を受けていると治療効果にも悪影響がでてきます。相性の悪い医師と患者が長く関わり合っていることはお互いの不幸です。まずは率直に話し合って関係の修復に努めてみることですが、それでもうまくいかない時には、患者は転医する権利を行使して紹介状を持って転医するとよいでしょう。

医師が患者を観察していることは確かですが、実は医師が患者に観察されていることを知らなければなりません。患者は医師の表情、話し方、坐り方、仕種などから暖かく迎えられているか、好意を持ってくれそうか、信頼できそうかなどを敏感に感じとっています。

医師の仕事の八割方は患者と親しく話し合うことに費やされます。少なくとも私はそのようにしてきました。患者との信頼関係と良好なコミュニケーションは良い医療には欠かすことはできません。

治療の糸口を発見するためには、診断するための情報が不可欠です。その情報を得る最も重要な手段は患者との会話です。実りのある会話を成立させるためには、医師・患者の双方が心を開くことが重要です。特に医師がからだ全体で患者に「あなたの全てを受け入れるよう努力していますよ」ということを患者に解ってもらわなければなりません。その中から信頼関係と良好なコミュニケーションが生まれてくるのです。

誤診をしない医師など、どこにもいません。最高の名医を含めて、すべての医師が誤診して間違った治療をした経験があるといっても過言ではないでしょう。

患者の言葉をよく聴きなさい

アメリカの優れた臨床医J・バウァーは七〇年も以前に「すべての内科的疾患のうち五五％は患者の外貌と病歴だけで診断をつけることができる、二〇％は身体検査すなわち打診・聴診・触診で、次の二〇％は臨床検査で診断できる。残る五％はいかにしても診断をつけることができないうちに、治ってしまうか死んでしまう」と書いています。

名医オスラーは「患者のいうことをよく聴きなさい、そうすれば患者はあなたに診断を告げてくれます」と問診の重要性を説いています。

最近の医師の中には、患者に体を向けないで片目はコンピューターの画面に、もう片方の目は時計に、そして時に患者の方を見て一言二言声をかけた程度で処方する人がいます。その処方も、保険病名に該当しない薬剤は除外するように機械が考えてくれています。

電子カルテの導入は診療の効率をあげてはいるでしょうが、患者と医師との間に大きな溝をつくりつつあります。実際、私のまわりにいる病人たちは「先生は見てくれない、聴いてくれない、触ってくれない、話してくれない」と不満をこぼしています。

パソコンにデータを打ち込むことに精を出していると、考えることがおろそかになり、時間をかけて患者に話させ、質問をすることが少なくなり、パソコンの中でしか考えることのできない医師が出来上がってしまうのではないでしょうか。

検査について、診断された疾患について、処方される薬の作用や副作用等について正しくていねいに説明がされているでしょうか。医師はあまりにも忙しく十分に説明できないことも多いのです。

一般の診療の中で、わかりやすい普通に使われている言葉で説明すれば、素人が理解できない程難しいことはほとんどないといってよいでしょう。臨床医学は量子物理学とは違うのです。

多くの場合、医師はインフォームド・コンセントと称して専門用語で病名を告げ、印刷した説明書を提示して型通りの説明をします。患者側もわからなくても、説明されたことで良しとしてサインをするといったケースが多いのではないでしょうか。

今年（二〇一六年）は申年です。申年だからといって医療の中の「観ざる、聴かざる、言わざる」はいただけません。視る、聴く、触る、打《たた》く（圧す）は診断の出発点です。

（第48号）２０１6年3月1日

6　現在の医療を眺めてみると（四）
――町医者こそ勉強を

多くの場合医師は適切な検査を行なって、正しい診断をして、妥当な治療を行なっています。しかし、いつもそうとは限りません。しばらく経っても症状が改善しなかったり、悪化するようなことがあったら診断を見直すべきです。

危うい思いこみ

医師によって診療の仕方も変わります。問題解決の方法も異なってきます。

正確な診断に至るまでに、最初に道を誤るのは、患者と医師の間で対話とコミュニケーションが不十分なことに原因があることが多いのです。賢い医師は道に迷ったら出発点に立ち戻って考え直すでしょう。

病気の起こり始めから、どのような症状で、何が起こったか、何を心配しているのか、医師が質問しなかったら患者が自分で話すことが大切です。

初めは重要でないと聞き流していたことの中に大切な情報が隠されていたことに医師が気付いて、それを手掛りに改めて身体の診察をしてくれるでしょう。

医師にとっては、誤診は最も不名誉なことではありますが、誤診された患者にとっては不名誉どころではなく大問題です。イギリスの医師がいうように病気は医師だけ、患者だけのものではなく、「私たちの病気」です。患者と医師が協力して病気に立ち向かうことが大事です。

医師は最初に思い込むとそれに捉われる傾向があります。一度診断してしまうとその誤りを修正すること を躊躇《たび》し、改めるのが難しくなります。ましてや先輩の医師の診断となると、根拠が不充分であってもその診断を同僚や部下が踏襲してしまうということはよくあります。

そのような時、患者のあなたが「他にどんな病気が考えられますか?」、「このような症状の時、他に何が考えられますか？」と質問することで、医師の考えていなかった検査や処置に気がついて、お互いに誤診の危険を回避できるかもしれません。

医師に検査をすすめられたら、その検査をする根拠をたずねるとよいでしょう。患者は納得のいくまで説明を受ける権利があります。質問する権利があります。例えばある検査をすすめられたら、その検査によって何が解り、治療法が変わってくるのかを訊くとよいでしょう。外科の手術で合併症が起こることがあるといわれたら、その合併症はどんな頻度で起こるかを訊くとよいでしょう。

このように質問されると機嫌が悪くなって怒り出す医師がいるかもしれません。しかし、単純で、妥当な質問に時間をかけて、わかりやすく説明してくれる医師もいるでしょう。医師の対応の仕方で、あなたの病気に対してどの程度の知識があるか、あるいは知っていないか、あなたにどのような思い遣《や》りを示してくれるかがわかります。

町医者こそ勉強を

私は内科医でしたが、ボランティアで精神科の患者と家族と三十数年間お付き合いしてきました。内科・外科など他科の医師から精神疾患患者であるというだけで不親切に扱われたり、適切な検査や治療が受けられなかったというケースをたびたび経験したという話をよく聴きました。

医師の好意的でない感情が、診断や治療の思考を鈍らせ誤診に至ってしまうこともあります。

誤診や医療ミスは現在でもしばしばマスコミで報道されます。技術的間違いは容易に発見されますが、医師の内面の感情の問題には私たちは意外と気付いていないのです。

私は一介の無名の町医者に過ぎませんでしたが、五〇年間医療に携わっている期間中最も勉強したのは病理学教室時代よりも、病院勤務時代よりも、町医者になってからの四〇年間でした。開業医を訪れる患者の大方は診断のついた慢性疾患や倦怠感、腹痛といったありふれた症状を訴えにやってきます。その中の数百人に一人とか、千人に一人位の割合で重大な疾患の患者が紛れ込んでいるのです。開業医の仕事は、例えていうと、大勢の海水浴客で混雑している鎌倉の砂浜の中に紛れ込んでいる一人の友人を探し出すような仕事です。同じような水着を着けていますから見つけ出すのは容易ではありません。

したがって、よほど真剣に絶えず目を配っていないと、そのたった一人を見落としてしまい誤診に繋がります。ですから、一人ひとりからよく聴き、よく視て、触ることに努めました。

病院の外科医の場合は開業医からある程度見当をつけて紹介されてきます。しかもチームで診ています。検査も治療も高度ではあっても専門分野です。

開業医の仕事は一人で責任を持たなくてはなりません。しかも、生物学的疾患だけでなく、患者の社会的背景や人生観をも深く理解して、言葉を選んで対応しなければなりません。何百人の中の一人の重大な疾患を見落とすことなく診断をし、治療するか、専門医に送り届ける任務が町医者にはあるのです。

したがって、気をゆるめることなく日々勉学に努め、研鑽して一人ひとりの患者の診察を真剣勝負と思って診療に当るべき誇りある仕事と考えています。

（第49号）２０１６年4月1日

7　現在の医療を眺めてみると（五）
――安心と希望を与える医療に

病人に対する治療の極意は患者への思い遣る心であることはわかっていても、ともすると実際の診療の中では忘れがちになることもあります。診療が忙しかったり、疾病の治療に夢中になったりしていると、技術面にのみ目が向いて、患者の心のケア、すなわち癒し人としての役割を十分に行なえないことになります。

患者の心を見失わないためには、医師の優しい心は重要ですが、優しい心のために患者の病気を見失う危険もあるのです。身内とか極めて親しい友人を診るのははっきりいって苦手でした。患者に対する親しい気持が医師の冷静な判断を鈍くすることもあるからです。

医師には「鬼手佛心」が要求されているのです。

完璧な医療を行なうことは医師の務めですが、感情が医師の責務の妨げになるような場合には、感情をコントロールすることも医師の重要なトレーニング事項です。

前にも述べたように、医師は身辺を整理して、金銭、名誉、地位、人間関係などに煩わされないように常日頃努めていなければなりません。

医療が経営に重きを置き過ぎることによって医療全体が商品と見なされ、診断・治療のコスト、医療器機の償却期間、サービスの提供等が経営にプラスかマイナスかという面から考えられるようになると医の道をだんだん外れて歪んできます。

医療は、診療所においても大病院であっても、大学の中でも、どんな医療制度の下にあっても医師と患者の関係には変わりありません。人間と人間の関係です。医療が商品であっていいはずがありません。医療が金銭に換算される社会が狂っているのです。

医は仁術の時代から社会制度や医療環境の変化と共に医療についての考え方も少しずつ変わり、現在の医療が当り前だと考えられるようになりました。果して医療はこのままでよいのでしょうか。

すべての入院患者は、身体的苦痛と同時に必ず精神的苦痛を感じています。一つは、社会との関係が希薄になること、もう一つは、これからどうなるかという不安と恐怖にさいなまれています。現代の進歩した科学的な医療技術に加えて、この不安や恐怖を抱えた病者を思い遣る、たとえ死の床にある病人にも安心と希望を与えられるような医療が必要なのです。

（第50号）２０１６年5月1日

8　父の遺稿「圧診法　よもやまばなし」

現役で診療をしていた当時、初診の患者さんで最近体調が思わしくなく、どこかにがんでもあるのではないかと総合病院で血液検査、胸部XP、胃カメラ、エコー検査を受けて「どこも悪くありませんよ」といわれて治療をしているが少しもよくならないといって来院する方が少なからずおられました。どうやらがんはなさそうです。

「腹這いになってベッドに寝て下さい」といって首から背部、腰、足の点を圧えて、ひっくり返ってもらって胸部、腹部を圧し終わるまで五、六分。

「朝起きるのが大変ですね、肩がこりますね、目が疲れますね、足が冷えるでしょう、根気がなくなって、最近怒りっぽいでしょう」と問いかけますと、大方の患者さんはびっくりして「どうしてわかるのですか」と聞き返します。

「あなたのからだに全部書いてあるのですよ。病院の先生はからだに触ってくれましたか」とたずねると「全然触ってくれませんでした」と言います。「アンタッチャブルは一九六〇年代に人気のあったテレビ番組でとっくに終っていますよ」などと言いながら手と爪を観て「あなたはとても気にする質《たち》ですね。三カ月前に心配事からか、からだの調子が悪かったですね」というと「手相も観るのですか」とさらに驚きます。

これが父親譲りの「圧診法」による診察の一端です。

三年半前に東京に転居した際、時間ができたら読みたいと楽しみに収集した蔵書のほとんどを清水の書庫に残してきました。現在の書斎は狭く本もたくさんは置けません。それでも父と一緒に診療していた時やそれ以前の学生時代から見様見真似で覚えもしたし、診療で使ってきた父の「圧診法」についてはいつの日かまとめておきたいと思っていました。

そのために、小野寺直助先生の圧診点に関する論文、成田央介先生の「圧診と撮診」、圧診法に関して収集した論文のファイル、それに鍼灸の数冊の書籍は持ってきていました。

その資料の中から父が昭和五十四年に書いた「圧診法　よもやまばなし」という原稿を発見しました。

父は勉強家でしたが悪筆は相当なものでしたから原

稿を正確に書き直すのには、私自身勉強し直さないとできそうにありません。私にはもう使えませんが、残しておけば必ずいつの日か後世の臨床医家の役に立つと信じています。

（第44号）２０１５年11月1日

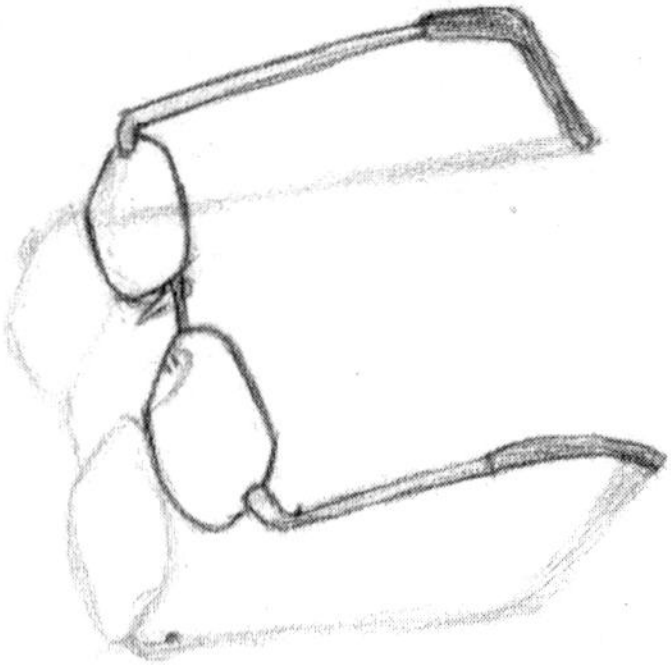

三、死を考える

1　私が子どもだった頃

私たち人間が生まれたら避けることができないものに老、病、死、苦があります。人間が生まれると健康と病気の間を往復しながら、さまざまな苦しみを経験して、やがては老い、終着の死に至ります。私たちは生まれた瞬間から死への道を歩み始めています。そのように定められているのです。ところが、動物的本能で死を恐れ、なかなか執着を絶ち切れないのが人間です。

死を考え、死を受容する上で、その人生の中でどれだけ、どのような死に出会い、人生のどの時期に出会ったかが大事なことです。

私は一九三五（昭和十）年に生まれました。昭和十六年、六歳の時に庵原郡袖師村立国民学校に入学しました。その年の十二月八日に大東亜戦争が始まりました。昭和十七、十八年の中ごろまでは勝ち戦さでしたからシンガポール陥落の時は日の丸の旗を振って旗行列をした覚えがあります。

当時は東海道に松並木が残っていて、静岡鉄道のチンチン電車が石畳の敷かれたレールの上を走っていました。戦争が始まると袖師村からも次々と大勢の若者が毎月のように召集され戦地に送られていきました。

国民学校の生徒は、国防婦人会の小母さんたちと電車道に整列して日の丸の旗を振って出征兵士を見送りました。昭和十九年に入り、戦局が悪化してくると同じように電車道に並んだ生徒たちは、戦死して白木の箱に入れられ胸に抱かれた英霊を「海ゆかば」を歌って迎えたことを覚えています。

幼い頃遊んでもらった隣のヒロちゃんも、その隣の海苔屋の小父さんも海軍で戦死したそうですが、わずかな記憶しかありません。父親も三度の応召で出征しましたが運良く帰還しました。父の出征中、本土に空襲が始まった頃、母の実家に疎開しました。

疎開中、清水の家は東京から疎開してきた軍事工場の社長の家族の住宅に、診察室と病室は工員の宿舎になっていました。母屋と診察室は残りましたが病室は清水の空襲で焼けました。

祖父母の家でも母の二番目と三番目の弟が二七歳と二二歳で戦死しました。年が離れていたこともあって二人の叔父の記憶は微かにしか残っていません。ただ気丈だった祖母が戦死の知らせを受けた時、薄暗い仏間で独り肩を震わせて、お経を唱えながら嘆き悲しんでいた姿は忘れられません。

（第57号）２０１６年12月１日

2　以前は身近にあった死

心に残る祖父の死

私が国民学校の二年生になった時には父は二度目の応召で南方の戦地にいたようでした。幸い外地から帰還したのも束の間、すぐ召集され三度《みたび》出征しました。

その頃、私は肺浸潤（結核）と診断され絶対安静ということで休学していました。祖母は、富士川中流の松野村（現富士市）の母の実家からバスと汽車を乗り継いで、出征して父のいない留守宅をたびたび訪れて、霊気療法と称する手の平療法を私に施してくれました。

昭和十九年になると戦況は一段と悪くなり全国各地の空襲も始まりました。私たち母子四人の家族は母の実家に疎開することになりました。

母は六人姉弟の一番上で女一人でしたから、子煩悩の祖父からは特別可愛がられて育てられたそうです。私は一人娘の長男で祖父母にとっては初孫でしたからそれは大事にされました。

祖母は三島の女学校で音楽の教師をしていたそうです。祖父は愛知医専（現名古屋大学医学部）を卒業した医者でしたが、私たちが疎開して一緒に暮らした当時も貧しい田舎医者でした。五人の男の子に学費を送ったら生活はギリギリだったと思います。おまけに二人の息子は戦死してしまったのです。

祖父は晩酌をチビリチビリとおいしそうに飲んでいました。時には祖母が三味線を祖父が尺八を吹いて合奏していたのを記憶しています。祖父には特別可愛がられて優しくしてもらっただけに想い出が今でもいろいろ目に浮んできます。

その祖父が、私が一三歳の時、恐らく心筋梗塞だったでしょう六三歳で急死しました。傍で書きものをしていた祖母が先に休んでいた祖父が「うっう」という声を発したのを聞いて蚊帳の外から声をかけた時には事切れていたということでした。清水から母と駆け付けた時には二階の座敷に安置されていました。口髭を生やした端正な顔立ちはいつもの優しい祖父でしたが冷たくなっていました。

葬儀は、復員して九大医学部の医局にいた長男の叔父が帰って来てからということになりました。熊本県の山の中の病院に派遣されていたとのことで連絡が遅れたため数日後の葬儀となりました。粗末な木の棺の中に納められた祖父の顔は、真夏のことでもあり暗紫色に変り果て、膨れ上がっていました。

当時の田舎では土葬でした。富士川の渡船場の近くにあった部落の墓地に運んで、穴を掘り、いよいよ棺が埋められる時になって悲しみがどっと溢れ出て堪えきれずに「ワァーワァー」と大声で泣き出し、父方の叔父に「男は泣くものではない」とひどく叱りつけられたのをよく覚えています。これが親しい人の死で鮮明に覚えている最初の経験でした。

昔は死が身近かにあった

祖父の死と前後して、海岸の製材工場の同級生の啓坊があっけなく亡くなりました。恐らく何かの感染症だったでしょう。この当時は戦後の混乱も未だ続いている頃で疫痢とか赤痢とかがあったようでした。啓坊は南海ホークスが大好きな明るい野球少年で仲良しでした。

私が級長をしていたのでクラスを代表して弔辞を泣きながら読んだことを覚えています。それよりもさらに鮮やかに目の底に残っているのは火葬の風景です。小学校の校門を出て左に折れると最初の四ツ角に酒屋さんがあって、右に曲ると庵原川までは田の中の一本道で真ん中あたりに澄んできれいな水が流れている蜆《しじみ》川がありました。

その頃の嶺の部落の火葬場は、焼き場と呼ばれていてお寺の裏手にありました。道から見え晒しの田圃の真ん中にありました。トタン板の屋根があったかどうか定かではありませんが、建物らしいものはなく、浅い窪みのまわりに長方形に石を並べただけの粗末なものでした。薪の上に屍体を乗せて焼いていました。焼け終わるまで煙が立ち上っていました。

今は、景色はすっかり様変りして田圃はすっかり姿を消し、全て住宅と工場になっています。嶺の焼き場が、そこにあったということを覚えている人もほとんどいなくなっているのではないでしょうか。

近所の魚屋の伸ちゃん、お茶屋のミツオキ君、八百屋のタイちゃんが若くして亡くなりました。若者の多くが結核で死ぬ時代でもありました。大方の人は自宅で家族に見守られながら看取られ死んでいきました。このように死は子どもにとっても身近にありました。

したがって死を恐れ、死を考えざるを得なかったのです。

（第58号）２０１7年1月1日

3　易々と死ねなくなった現代

私は六五歳の時、心筋梗塞を発症し、救急車で運ばれて、現代医学によって、九死に一生を得て生還することができました。私の例を挙げるまでもなく、現在の医療が多くの命を救っていることはまことに喜ばしいことではあります。

死から遠ざかった現代社会

しかし一方、病人本人の意志に関係なく、時には無視されて救急車で病院に搬送されることが多くなっています。私の住んでいる所は、日本医大と都立駒込病院のちょうど中間にありますから、日に何回も救急車の走る音を耳にします。

現代の医療は百年前だったら確実に死んでいるはずの人間を生物学的に生かしておくことができるようになりました。当の病人は、このまま死にたいと思っても『楢山節考』の老人のように自分で死を選ぶこともできず、回復する見込みもないまま機器や器材によって生かされている場面によく遭遇しました。

死を認めたくない人は他人の死も認めたがりません。植物人間のようになって回復の見込みがない年老いた親の命を延命装置によって長く生き延びさせている人は、生きさせているのではなく、死の過程を延ばしているだけです。立場を自分と置き換えてみることも必要です。

以前は、死はごく自然なことで、私たちの身近にありました。祖父母が、両親が、兄姉が死ぬのを自宅で家族が看取ることが普通でしたし、亡くなるまでは近所の人や縁者がしばしば見舞いに訪れていたものでした。結核が全盛の頃には多くの若者が結核で死んでいきました。したがって、人々は死を恐れ、死について考えざるを得ませんでした。

ところで、現代社会では、在宅死は年々減少して、二〇一四年には自宅で死亡する率は一三％となり、病院や施設で亡くなる人は八〇％を超えています。大都市ではさらに顕著になっているでしょう。

このように人々が死に出会う機会は昔に較べて非常に少なくなって、死の数日間を死に逝く人と共に過ごせることも稀になりました。現代人は忙しく会社や仕事に追われて、特に若い人は死んでいく人に接する機会はほとんどありませんから、自分が死の床についた時、始めて死に直面するという不遇な人もいるかも知れません。

昔の死と現代の死を較べてみると現代の死の特徴は、

一、病院死、施設死が多くなっている。

二、孤独死が多くなっている。

三、心臓病や交通事故や自殺のような突然死が多くなっている。

四、延命治療によって死ぬことができない死が増えている。

などです。

「家で死にたい」

現代社会では障害者、老人、病人は、健康で若い者からは隔離されています。死ぬ場所も病院や施設のように人目につかないところで死ぬことが多くなったため、現代人は死を間近に見ることが少なくなっています。

トインビーが引用している、一九世紀中頃の英国の詩人アーサー・ヒュウ・クラフの詩に、「汝殺すなかれ、だが生かそうと差しでがましい努力をするには及ばぬ」という文章があります。皮肉のつもりでこの一行を書いたのだろうと思いますが、百年経った今日、延命治療や安楽死がこれほど大きな倫理問題になるとは努努《ゆめゆめ》思わなかったに違いありません。

寿命が延びることが、だんだん重荷になっている日本の老人にとって、死が近いということは悲しみをもたらすものではなく、かえって救いかもしれません。本音かどうか別にしても、口癖のように「早くお迎えに来てもらいたい」という老人が何人もいました。

社会の環境整備と医学の進歩によって、そう易々と死ぬことができなくなっています。そのため、これまでは死が行なってくれていた苦しみと悲しみからの解放を、老衰と認知障害が意識をくもらせることによって、死に代って救ってくれているようです。

私の町医者生活四二年間の中で六四〇人の方を看取らせていただき死亡診断書を書いてきました。病室がありませんでしたから、往診をしていました。往診をする方々は、私の診療所に長く通院していて老齢や病状により通院できなくなった方、障害があって通院できない方の家族の依頼、病院を退院して在宅死を希望する方、病院からターミナルケアを依頼された方など、さまざまなケースがありました。

長く通院して下さった患者さんには元気なうちから御本人と話し合って、終りの時に在宅死を希望するか、病院で終ってもよいかを確かめるようにしていました。在宅死を希望する御老人には、その方の身の回りの世話をしてくれるのが息子さんの奥さんでしたから、「お嫁さんと常日頃から仲良くして、よく看てくれるよう、頼んでおきなさいよ」と話していましたし、そこのご家族には「おばあさんの希望で救急車に乗せないよう一生懸命看ますが、看取りの主役はお嫁さんのあなたですから、宜しく頼みます」とお願いもしました。

もちろん、どんな高齢であっても苦痛の激しい時や回復する可能性がある場合は、救急車を要請して病院に運びました。

（第59号）２０１７年2月1日

4　短いから貴重な人生

お釈迦様ですら「生ある者はすべて苦を怖る。生ある者はすべて死を怖る」といっています。と同時にお釈迦様は苦しみの原因を明らかになさいました。それが四苦八苦です。四苦の初めは生きる苦しみです。次が老いる苦しみです。三番目は病む苦しみです。最後が死ぬ苦しみです。この四つの苦しみに加えて、愛する人と別れる苦しみ、怨み憎む人と出会う苦しみ、求めるものを手に入れることのできない苦しみ、欲による苦しみ、生きていることによって生ずる全ての苦しみがあることを説かれました。私たちの苦しみは、このどれかに当てはまります。

死は故郷に帰る旅

その中でも最大の苦しみが死です。診察に訪れた患者さんに「先生、死なないでしょうか」とよく尋ねられました。やはり誰にとっても死は重大事です。そこで私は、患者さんの頭上に掛けてある額を指さしながら「必ず死にますよ」と答えます。患者さんは一瞬ぎょっとします。額には次の言葉が書かれています。

「我を佚《いつ》するに老を以《も》ってし、我を息するに死を以ってす」(「天の神は楽を与えるために老境をもたらし、私たちを休ませるために死をもたらして下さるのです」)

「死を悪むことの弱喪《じゃくそう》して帰ることを知らざるものに非ず」(「死を憎むことは、幼いうちに故郷を離れ、帰ることを忘れた者と同じである」)

この言葉は、『荘子』の「斉物論篇」にある文を元にしたものです。額の文字は、九〇歳で食道がんのため静岡県立総合病院の緩和ケア病棟で亡くなった書家の島津氏に八八歳の時に書いていただいたものです。

この言葉を読み、説明しながら死についての対話に入っていきます。死についての教育は死が間近に迫ってきてからでは遅いのです。常日頃の診療の中で患者さん方が元気なうちから、どう生きて、どのように死ぬかについて対話を積み重ねることが大切だと思っていました。これは患者のためというより、自分にいい聞かせるつもりで行なっていたことですが、これによって診療に緊張感をもたらすことができました。

私たちは生まれた瞬間からいつ死ぬかもわからないという可能性の中で生きています。しかも、この可能性は私たちが望むと望まざるとに関わりなく遅かれ早かれ確実に現実のものとなります。ところが、人間は人間が意識する以上に動物的本能で死を恐れていて、なかなか生への執着を拭い去ることができません。ただ不格好にしがみついているだけかもしれません。

人が生きているということは、一時的にこの世に身を置いているだけで、死ぬということは元々あるべきところに帰り落ち着くことではないでしょうか。死出の旅は荘子がいっているように自然に帰り、故郷に帰る旅ですから本来楽しかるべきもので、悲しむべきものではないはずです。

死は故郷に帰る旅

しかしながら、死出の旅は独りで旅立つほかない孤独の旅です。私たちは誰でも裸で母の胎内から生まれ出て、裸で自然に帰っていくのです。しかも必ず通らなければならない死の道なのにその道順がよく解かっていないのが死の道です。だから、不安でもあり恐ろしくもあるのです。

私たちの意志とは関わりなくこの世に生を受けたことは、まぎれもない事実です。そして、五十年なり八十数年の寿命を生きて死んでいくのです。ところが私たちが毎夜見ている星は、何億光年という時を経て、私たちの目に届いているものの一つかもしれません。数億年前に光を発した星、この広大な宇宙の広さに較べたら、人間の生きる八十数年は一瞬の間ともいえない短さです。

しかし、この広大な宇宙の中に、私のいのちも、あなたのいのちもたった一つしかない奇蹟の生命なのです。生まれたからには必ず死ななければなりません。これほど人間にとって確実なことはありません。

短く儚いいのちだからこそ、唯、生きるだけでなく、どう生きるかを真剣に考えて、よりよく生きることが大切です。私は死んでしまえば、何もかもなくなり、無に帰すと思っています。だからこそ、一瞬の生を大事に精一杯、自分の納得のいくように生きたいと思って生きてきました。私は死んだ後のことを何も恐れることはないと思っています。だから死んでしまった人のことをことさら心配する必要もありません。なぜなら死によって無に帰してしまった人間はこれ以上不幸になりようがないからです。永遠の死がこの世の四苦八苦を背負った生命から私たちを解放してくれるのです。

死んでしまったということは、その個人にとっては生まれなかったということと同じです。その人が本当に死んだということは、生きている人々の胸の中に埋葬されなかったか、その人を愛した人々が死に絶えて忘れ去られてしまった時です。儚い人生であっても、生きているということは喜ばしく、素晴らしいことです。なぜなら生きているからこそ何かをやることができ、周囲の人たちの胸の中に生きた証の墓標を建てて死ねるからです。

（第60号）２０１７年3月1日

5　医師として多くの死に関わる

医師になってからは医の道に打ち込み、自分でも驚くほどよく勉強しました。しかし、私の大学生時代は勤評・警職法・安保という疾風怒涛の六〇年代でしたから、学生運動に精を出し、勉強はろくにせず大学もやっと卒業したという状態でした。

多くの死に教えられる

一九六三年に国家試験が終わると医学の基礎を学び直そうと東京医科歯科大学病理学教室に入局し

ました。そこでは教授の講義の準備をして、学生と共に聴講すると同時に大学病院で亡くなった方々の病理解剖を輪番で担当しました。毎週一回コントロールといってその週に教室で解剖させていただいた全症例の肉眼診断を教授・助教授が検閲する日がありました。診断を報告するのですが、誤診することもありました。ただ、誤診をしても患者さんは亡くなっていますから、教授に注意されることはあっても、患者さんに実害を与えることがないのは幸いでした。その後、剖検医の資格をもらって内科に転科しました。

次の勤務地の長野の佐久総合病院と青梅市立病院では内科と病理解剖を兼任しました。病院で亡くなった方で御家族の御承諾を得られた方々の解剖をさせていただくのですが、二つの病院で自分の受持患者さんで亡くなった方は一人を除いて全員解剖させていただきました。何人かの方は剖検所見までよく覚えていて忘れません。

亡くなる御病人の死までの全過程に誠心誠意寄り添って診療に当たらなければ、解剖の承諾は御家族からなかなかいただけませんでした。時には、病院に一週間も泊まり込むようなこともありました。医師になりたての多感な時期に発病から死までを縁あって看させていただいたことが、私の医療観や人生観に大きな影響を与えたことは間違いありません。

一九七〇年に清水に帰り、父の医院で町医者生活を始めました。

二〇〇〇年十二月、私が六五歳の時、心筋梗塞でまさに死ぬのではないかという経験をしました。（『いのち〔縮刷版〕』第Ⅵ巻を参照下さい）。入院したこの一カ月が私の人生観、死生観を大きく変える転機になりました。心筋梗塞という病いを経験することで、天が「本当の医者になるための卒業試験」を受けさせてくれたようなものでした。六五歳で死んだと思えば、ここからはオマケの人生で損することはない、これまで以上に自分のやりたい医療をして、勉強して、前を向いて生きようと決めたのです。

もし病気になったとしても今すぐ死ぬわけではありません。慌てないで、悩んでばかりいないで、残された時間をどう生きるか、ゆっくり考えましょう。その中から展望が開けてきます。

大自然から授かったいのち

人生は、出会いだと思っています。人生は他者との関わりの中で意味が生まれてきます。「親子」「夫婦」「師」「友」「書物」です。子どもは親を選んで生まれてくることはできません。私は両親の子どもであったことを心から感謝しています。無名の町医者だった父親の背中を見ながら、私は医者にならせてもらいました。無私の人であり、医の道を貫いた人でした。思い返してみても、今の私は在りし日の父親には遠く及ばないことを痛切に感じています。

両親を含めて師と呼べる方々が全て世を去りました。成澤剛、塚本虎二、秋元瑞阿弥、中川宋淵、小野寺直助、橋本敬三、林竹二、こうして列挙してみると、私は本当に良き師に出会えて幸せだったと感謝しています。ただ、このような優れた師に巡り会いながら、師の足元にも及ばない生き方しかできない自分を歯痒く思っています。

友人の、高橋昭八、近藤完一、守田典彦も、みんな逝ってしまいました。しかし、師や友から受け継いだ志は、今なお私の中に息づいています。私の中で生き続けています。

いのちは大自然から授けられたものです。そして、そのいのちの一つ一つに使命が与えられています。ただ、その使命は「これをしなさい」「こうしなさい」と具体的に示されているわけではありません。その使命をそれぞれの人が感じ取って実行するのです。待っていてもその使命は下されません。求めなければ「どう生きるか」という使命は受け取ることはできません。

生きている人間は誰でも必ず死にます。死ぬことは誰にとっても重大事です。私たち一人ひとりは大自然から与えられたいのちを、残された時間の中で、それぞれの人にふさわしく使い切って死んでいきたいものです。死ぬという大仕事をするためには、今日の一日をしっかり生きるしかありません。

（第61号）２０１７年4月1日

6　死を知り、生を知る

庭の草花が春に芽を出し、一斉に花をつけて華やかに咲き、自然の生命が躍動している様を目にするのは本当に心がなごみ気持のよいものです。しかし、秋が来て冬になり、枯れ果てていくのを見ると人間の一生も同じように限りがあることを知らされます。

死との対話

生を受けたということは、取りも直さず死に始めているということです。私たちは長いようで短い人生を一日一日と死に向って歩んでいます。命のあるものは必ず死に、始まりがあれば必ず終わりがあるのは至極当り前のことで自然の摂理です。ところが生と死が一体のものであることを知っている人は意外に少ないのではないでしょうか。

生と死はコインの表と裏のようなもので、表だけではコインにならず表と裏があって初めてコインであるといえます。生と死は一体なのです。生がなければ死がないことは当然の理です。死があるからこそ、今生きている生が重要なのです。もし死がなかったとしたら、年を取ってからのこの退屈な毎日をどう生きるか持て余してしまうでしょう。死という終着駅があるからこそ、めりはりのある短い旅を精一杯楽しむことができるのです。死があるからこそ生を愛おしく思い、かけがえなく大事にしたいと思えるのです。

ところが、忙しくその日その日を追われるように生活している現代人の多くは、死をみつめ、死と対話してその上で改めて生きる意味を発見して、どう生きるかをゆっくり考えるゆとりを持てなくなっています。

死をみつめなければ、生きる意味を知ることは困難です。死を意識しないで生きている間は、人は与えられた命がいつまでも続くかのように思えて、刹那的に生きていても何の疑問も持たず、深く考えることもなく年月を過ごしてしまいます。このような人は、他人の死を自分に結びつけることができないばかりか、自分の死についても深刻には考えようとはしません。

「生あるものはすべて苦を怖る、生あるものはすべて死を怖る」と釈迦がいっているように、いかなる高僧であろうとも、キリスト者であっても、全くの無信心者であっても人生の最大の重大事は死であるといってよいでしょう。生・老・病・死・苦、私たち人間は誰しも、生まれたからには健康と病の間を往復しながら、生きていればさまざまな苦しみを背負って、年を取り老いてやがては死んでいく。これほど確実なことはありません。

生の最中《さなか》に死の中にいる

「我裸にて母の胎をいでたり、また裸にて彼処に帰らん」（旧約聖書・ヨブ記一章二〇節）
「もろもろの血肉ことごとく滅び、人また塵にかえる」（ヨブ記三四章一五節）
と聖書にもあるように、誕生の瞬間「オギャー」と呼吸をした時から死が始まっていたのです。私たちは生きているこの時、死に取り囲まれているといってよいでしょう。

精神科医として著名なユングは死について次のように述べています。「医者の立場から言って、私は死を目指すべき目標と見ることは、衛生上――このような言葉を使うことが許されるならばの話だが――有益である。死を忌わしいものと見ることは、人生の後半を無意味にしてしまうという点で、不健康かつ病的であると信じている」。

ゲーテは「死とは日が落ちる時のようなものだ。私たちの目から隠れて見えなくなってしまっても、太陽そのものは地平線の向こうで、変わらず輝いている。それと同じように、生命は死後も変わらずに存在する」と書いています。

死ぬ人間がいれば、生まれる人間もいます。生死は自然の循環の中にあります。より良く生きた後に忌わしい死があるはずがありません。安らかな死を望むのであるならば、その準備としてよりよく生きようではありませんか。いのちに執着しないように、さりとて、いのちを粗末にすることなく、生きるからには精一杯誠実に、己に恥じることなく生きることです。そのいのちが長いか短いかは天に委ねればよいのです。

長命であろうと、短命であろうと、貧者でも富豪でも、天才にも愚者にも死はすべての人に平等にやってきます。死と対話をすることが大事です。

死ぬことを問題にするよりも、生きている喜びを十分に味わおうではありませんか。最も大事なことは、ただ生きていることではなく、よりよく生きることですが、よりよく生きることとはどのように生きることなのか、それが問題です。

見事な一生を送るということは、生きている間は何事にも捉われず、自由に生き、死に臨んでは悲しんだり、慌てたりすることなく、休息をする時が来たんだなと死を迎え入れられる人生のことです。私自身はとてもこのようには生きてこなかったし、そのように終われる自信もありませんが、せめて、そうありたいと努め願っています。

（第62号）２０１７年5月1日

7　死への恐怖とは

人間は自らの愚かさによって人生を地獄にしています。地獄は末世やあの世のことではなく、現実に今生きているこの世界の日常性のなかにあるではないでしょうか。確かに悩み苦しんでいる人にとっては、死ぬことよりも生きることの方が困難で勇気のいることです。何かの本に「主義とか宗教とかは淋しくて空しく生きている人間のための母親の子守唄のようなもの」と書いてありましたが、そうかもしれません。

「死を見ること生のごとし」（荘子）

自らの人生を生きるということも満足にできていないのに、死のことを思い煩ってもどうにもなりません。死ぬことを心配するよりも、今生きているこの時を精一杯自分の納得のいくように生きて「自分の人生はこれでよかった、楽しかった」といって死ぬことができたら最高です。

師からは「いつ死んでもよいというような生き方をしなさい」と教えられましたが、自分がそのような生き方をしてきたとは到底思えません。しかし、山本周五郎の『虚空遍歴』の解説の中で木村久邇典が、周五郎が日頃好んでいた文章として紹介しているブラウニングの「人間の真価は、その人が死んだ時、なにを為したかで決まるのではなくて、彼が生きていた時、なにを為そうとしていたかである」という言葉には救われます。同じ小説の中で主人公の祖父の夢の中の言葉として「死ぬことはこの世から消えてなくなることではなく、その人間が生きていた、という事実を証明するものなのだ、消滅ではなく完成だ」と書いています。

道を求めて生きている限り人間の一生という旅に到達点は存在しません。道は限りなく永遠に続くし、もし到達点があるとしたらそれは死ぬ時です。

死に対する恐怖は人間の本能的自然反応ですから、死を恐れない人はいません。死を恐れない方がむしろ不自然です。私たちは不安と共に生きています。死ぬことを心配して一回しかない人生を混乱させ、生きることの不安のためにこれまた人生を狂わせていないでしょうか。死は、長いようで短い人生航路の最後の帰港地のように見えますが、実は日常生活の中に厳然と存在していることはこれまでに書いてきました。

日常の生活の中で何かの時にふっと感ずる死の不安というのは、生きていることの不安です。紀元前三百年頃を生きたギリシャの哲学者エピクロスは死について次のように書いています。

「死は存在せず。なんとなれば、われらの存在する限り死の存在はなく、死の存在する時、われらは存在することをやめるからなり」。

また、エピクロスと同じ時代を生きた中国の思想家荘子は、「死を見ること生のごとし」といって、「死や病気や障害など負の体験に遭遇したとき、これらはエネルギーの源＝気が見かけ上変化したに過ぎないのであるから、心を乱したり、心配したりしないで、その境遇に身を委ねるのがよいであろう。生も死も気の集散に過ぎず、その本質は同じなのであるから、死を憂えることはないし、また、生のみに固執する必要もない。まことに万物は一つなのだ」と説いています。これは諦めることではなく、心の執着をなくして、それによって真の自己回復を目指すことだということです。

しかしながら、私たちは死を恐れます。死の恐怖は死そのものより恐ろしいものです。

死に対する恐怖

死ぬのではないか、死が近いようだと心配することが死を余計に恐ろしいものにして、死を呼び寄せていることもあります。死の不安ではなく足腰が立たなくなり、寝たきりとなって家族に迷惑をかけはしまいかという、死の前の老いの不安の方が強い場合もあります。
では死にまつわる恐怖にはどのようなものがあるでしょうか。
①死ぬ時、苦しむのではないかという身体的苦痛への恐怖。
②自分の人生には未だやり残したことが一杯あり、目標を中断しなければならない恐れ。
③他人の一生と比べてこのままでは死にたくないという悔恨と屈辱への恐怖。
④自分の肉体を含めて自己の存在そのものが消滅してしまうという恐れ。
⑤家族の悲しみと肉親との別れへの恐怖。
⑥信仰を持っている人なら神罰への恐れ。
⑦持っている財産の全てを失うという恐怖。
⑧今まで生きてきたあらゆる関係から断ち切られる孤独への恐怖。
これら列挙した理由をみると、死に対する恐れは、実は死そのものではなく、死にまつわる諸々の思いから生まれていることがわかります。この死の恐怖から逃れる最も良い方法は、自分の納得のいく充実した一日一日を精一杯生きて、死と対話し、死は自然に帰ることだと死を受け容れ、悔いのない死に方をすることです。
死は、千金を積み上げても手に入れることのできない平穏と平和をもたらしてくれるし、医者でも薬でも治すことのできなかった苦痛から解放もしてくれます。ましてや死そのものに苦痛はありません。

（第63号）２０１７年6月1日

8　死ぬときは苦しくない

病院の勤務医だった時は、亡くなられた患者さん方ほぼ全員の臨終に立ち会ってきました。町医者になってからは六四〇人の方々の死亡診断書を書かせていただきました。病室がなかったこともあって全員が在宅死でした。全ての方の臨終に居合わせたわけではありませんが、亡くなるまでの経過を往診でつぶさに看させていただきました。

この経験からいえることは、死ぬ時には苦しくないということです。通夜の席で、剖検時に、自宅で亡くなられた全ての方々にお会いした時に、死に顔は、どなたのお顔も穏やかで、苦しんでいる表情の方は一人もおられませんでした。これは死ぬ時は、苦しくないということです。

私が心筋梗塞で県立病院に救急搬送された時も、発作が起こって救急隊員に担架に移動されるまでは覚えていますが、救急車に乗せられたことも、心臓カテーテルを施行されている間も全く記憶はありません。意識を失っていたからです。心筋梗塞は致命率の高い疾患ですから、救急車の中か、カテーテルを行なっている最中に死んでも少しもおかしくない状態でした。この時の経験からいっても、死ぬ時は苦しくないといえます。

私が尊敬する先輩のお一人の永井友二郎先生の『死ぬときは苦しくない』（講談社）という著書には次のように書かれています。

「人間は多く、死ぬときは苦しいにちがいないと思い、最後のときを恐れている。病人の最期の様子を見れば、これは無理のないことではあるが、はたしてほんとうにそうだろうか。呼吸や心臓が停止するとき、はたして痛いとか、苦しいという感覚、そして意識がまだあるのだろうか。人間の感覚や意識が心停止のぎりぎりまであるのなら、痛み苦しみを感じるだろう。しかし最期のとき、この人間の感覚と意識とがすでになくなっていた場合には、心停止、呼吸停止のときには、痛みも苦しみも、なにも感じないはずである。このことは、死を恐れるわれわれにとって大変大事な、そして重要なことである」。

永井先生は、ご自身の二度の臨死体験と、長年の臨床医生活の中で出会った多くの患者さん方の死の看取りの中から、このように書かれています。

私の場合は、心筋梗塞のために房室ブロックという心臓内の電導不良が起こり、そのため徐脈になっていましたが、呼吸数はほぼ正常でした。その時には意識がなくなっていましたから、苦しさも痛さも全く感じていません。あの時あのまま死んでいたら、永井先生の書かれていた通り死ぬ時は苦しくないのは事実です。

残された者の苦しみ

死の苦しみには二面性があります。死んでゆく者の苦しみの面と、残された者の苦しみの面です。そしてどちらの苦しみの方が重いかというと、残された者の苦しみの方がはるかに重いのです。死者は死ぬことによって永遠に苦しみや悲しみから免れて平安を得ることができますが、残された者たちは死んでゆく、愛する者のかたわらに佇んで悲しみに暮れ、慰めも得られません。しかもその心の悲しみから解放される日はなかなかやってきません。

多くの人は「苦しまずポックリいきたい」とか「P・P・K（ピンピンコロリ）がいい」とかいいます。突然の死は、確かに最も楽な試練の少ない死に方には違いありませんが、後に残された者にとっては耐え難い衝撃的な死となります。人が死んでゆく時は、死んでゆく本人よりも遺族や周囲の人にとってより大きな問題なのです。

生きていれば精神の病いに罹ったり、がんになったり、人生には辛いことや苦しいことがたくさんあります。それを悔やんで悲しんでいても情況は変わりません。どうしたらこの困難を乗り越えることができるか、自分の頭で考えるしかありません。

私の友人の女医さんから、「乾さん、私は死ぬならがんで死にたい。そう長く苦しまなくていいし、痛みや苦しみは現代医学が楽にしてくれるし、死に支度もゆっくりできるし、周りの人へのお別れもできるし、一度は死ぬんだから、いいことづくめじゃないですか」と何回も聞かされました。

病気になったら、その情況の中でどう生きるか自分の意識を変えていくのです。病気になれば学校にも会社にも行かなくて済みます。時間がたっぷりあります。考えられます。本が読めます。人生とゆっくり向き合うことができます。家族との対話も充分できます。今までと全く異った世界が開けてきます。

（第64号）２０１７年7月1日

9　死は別れのとき

「終り良ければ全て良し」といいます。今までの人生がどうであっても人生の終わる時「自分の人生はこれで良かった」と思えれば、それでいいのではないでしょうか。

私は学生時代、三島の龍澤寺に半年置いていただいて中川宋淵老師に「一息一息を生きなさい」と教えられました。ところが「一息一息」などけろりと忘れて気がついてみれば無駄な日々を過していきます。

残された時間をどう生きるか

友人の訃報に接するまでもなく、人生いつ終わるかわかりません。終わりの日まで「一日を三日」にして、精一杯周囲の人々に思い遣る心を忘れないで、死ぬ日まで自分に恥じないように努力して生きていきたいと思っています。

聖書のマタイ福音書6章の最後に「あすのために心配するな。あすのことはあす自体が心配しよう。一日にとってはその日の苦労で十分である」と書いてあります。明日のことを心配して、不安を感じているのは人間だけです。すべての動物や植物は、明日の心配などしないで精一杯生きています。私たちも自然の摂理に素直に従って生きているこの時を感謝と思い遣りの心を忘れないで懸命に生きましょう。「私は何のために生きているのか」「残された時間をどう生きるか」と自分に問いかけてみましょう。

大田堯《たかし》先生の著書の中に、柳田國男が「かたる」は「かかわる」というのが本来の意味であるように思うと書いている、とありました。したがって「語り合う」ということは「かかわり合う」ということです。私たちは毎日会話をしていますが、その中で本当の対話をしているでしょうか。「かかわり合う」とは心と心が通じ合うことです。たとえ短い時間であっても、お互いの心が響き合った時の歓びは、何にも替え難いものです。時間を惜しんで、大事な人と対話しましょう。語り合いましょう。

死は突然訪れるのでは決してありません。突然やってくるように思えるのは、私たちが日頃死に対する認識が薄いからです。死がもたらす不安感や恐怖感は死を考え、死を語ることをできるだけ避け、タブーとし、死からできるだけ遠いところで生きようとする人間を育ててきました。

生きていることの喜びや楽しさを感じている時は、この世に未練が残り「死にたくない」と思うのは当然ですが、生きていることの苦しさ、煩わしさを思えば死がやってくることをそんなに嫌がることもありません。

死の準備をしておこう

人間が興奮状態で感情がたかぶっている時、とっさに死ぬことはそれほど、難しくはないかもしれませんが、自分のおかれた状況を冷静に判断して、事後の段取りを終えた後、慌てず取乱さないで死んでいくことはなかなかできないことです。

人には必ず行かなければならない死出の旅が待っています。口では、生あるものは必ず死す、などといっている人でも、そのことを腹の底で受け止めている人は少なく、旅支度をきちんと整え準備をしている人は意外と少ないものです。

私たちは生まれることを選択できずに生まれてきましたが、死ぬ場所と死に方は選ぶ自由が与えられています。自分らしい死で、死ぬためには自分の病気をよく知っておく必要があります。どのような病気で、どのような経過をとり、どのようなことが起こり得るかを知ることによって自分の死ぬ時を知り、死ぬ場所を決めることもできます。そして、良い別れをして死出の旅の準備をすることができます。

死ぬ時期がきたら自分の順番がきたのだから順序を乱さないようにと、落ち着いて死ぬことができれば周りの人たちにそれほど、悲しんでもらわないで逝くことができるのではないでしょうか。人間の死に方としては周囲の人に愛されているうちに、惜しまれて死んでいくのが最もよい死に方でしょう。

死は別れのとき

東京大学宗教学教授だった岸本英夫氏は一九五四年、アメリカ留学中に顔面の黒色腫という悪性のがんを発病、一九六四年に亡くなられるまで数回の手術を受け、一〇年間、がんと共に生き、死の問題を問い続けてきました。その貴重な記録が『死を見つめる心』（講談社文庫）として残されました。その中で次のように述べています。

「そこで考えたことは残された時間をできるだけ充実して生きようということです。生命の充実感に溢れるような生活をしていけば、死の恐怖というものに勝っていくのではないか」。

「そのうちふと、死というものを真正面からジッと見つめることができるようになってきました。これは、死とは特別のものには違いないが一種の『別れのとき』なのだ。人は平生《へいせい》の生活の中でも、小さな別れの時の悲しさ、辛さをたびたび経験し、別れの時は心の準備をしてその辛さに堪えるが、それにもかかわらず、もっと本格的な死の場合、かえって人間は準備をしていない。思いきって準備をしたらどうかと気づいたからです。そして、それはいまいる人たちに別れを惜しむことであり、自分の生きてきた世界にうしろ髪をひかれるようにして死んでいくことである。死はそういう別れ方だと考えるようになりました。つまり、死の恐怖に堪える方法は死から強いて眼をそむけることではなく、日々の生活の中で小さな死の別れを繰り返して心の準備をしておくことであるということです」。

「このように死から眼をそらさないで済む状態になると『よく生きる』という意味はおのずから変化し、必ずしも、ただガムシャラに働くことばかりが生きることではないと考えられるようになりました。もっと静かに深く人生を味わう、これが私の心に展けてきた心境です」。

「それにしても、ガンがなかったら、こんなに真剣な深い生活をすることはなかったでしょう。ガンのお陰で私という人間になんか一本筋が通ったような気がし、ガンに苦しみながらガンに感謝するような心境です」。

これが岸本氏の到達した「死は別れである」という美事な死生観です。

私の母は「私は公の仕事をしたわけでもないし、人様にお会いしてお別れする時、これが最期と思ってその都度お別れの挨拶をさせて頂いてきたから、通夜も葬儀もしないように。私の死んだことを皆様に知らせないように。それは、私が死んでもその方が私の死を知るまでは、私はその方の中で生き続けることができるから」といい残していました。

母の病気は肺がんで手術を受けて、元気に過ごす時を持つことができましたが、その後再発、脳転移のため片麻痺が現れました。母は脳梗塞と思い込んでいましたから、それは涙ぐましいほどの努力をして養生しました。しかし、病状が進むにつれ、どれだけ養生をしても治る病気ではないとわかった時、覚悟をしたと思います。亡くなる一週間前からは、ほんのわずかの口の渇きを和らげる水を口に含むだけで、一切の食物を拒否して食べませんでした。自分の死を死に切ったこれも美事な死でした。母の最後の教えでした。

（第65号）２０１７年8月1日

10　死に対する最善の準備は一日一日を悔いなく生きること

学生時代読んで感銘を受けた、幸徳秋水の獄中記「死生」を再読しました。秋水は世にいう大逆事件の首謀者とされ、明治四十三年六月一日静養先の湯河原の旅館・天野屋を出たところで令状を執行され、そのまま東京に護送されました。秘密裁判〔非公開の大審院刑事特別法廷〕で同年十二月十一日に第一回公判が開かれた後、一カ月後の明治四十四年一月十八日に判決という異常なスピード裁判で死刑を宣告されました。

刑の宣告から六日後の一月二十四日、東京監獄の北隅にあった刑場の絞首台の落し板が開いたのは午前八時六分。秋水、享年四〇歳。

秋水は、「刑執行の朝、独房に置かれた朝食に特別に塩焼きの小鯛が膳にのっていたので、彼はその日が来たことをたちまち悟った。幸徳は鯛の匂いをかいだだけで残し、白湯《さゆ》をすすって前から書きかけていた「死生」をつづけて書き出し、「今の私一個としては、その存廃を論ずるほどに死刑を重大視していない。……病死と横死と刑死とを問わず、死すべき時一たび来らば、十分の安心と満足とをもってこれにつきたいと思う。今やすなわちその時である。これ私の運命である。以下少しく私の運命観を語りたいと思う。（中絶）」

ここまで書いた時廊下に靴音がして刑の執行を告げられた幸徳は、書きかけの原稿にしめくりつけたいと願い出たが、拒絶され、これが絶筆となった」（山田風太郎『人間臨終図巻 上』角川文庫）。

秋水は死について「死生」に次のように書いています。

「万物すべて生れ出たる刹那より、既に死につつあるのである。」

「人間の死は科学の理論を俟《ま》つまでもなく、実に平凡なる事実、時々刻々の眼前の事実、何人も争うべからざる事実ではないか。」

「死は古えから悼《いた》ましき者、悲しき者とせられている。されどこれはただその親愛し、尊敬し、もしくは信頼したる人を失える生存者に取って、悼しく悲しきのみである。……死者その人に取ては、何の悼みも悲みもあるべきはずはないのである。

「死者には死別の恐れも悲みもない。惨なるはむしろ生別に在ると私も思う。」

「人間の死ぬのはもはや問題ではない、問題は実にいついかに死ぬかに在る。むしろその死に至るまでにいかなる生を享けかつ送りしかに在らねばならぬ。」

秋水が書いているように、人が死を怖れるのは、死そのものではなく、死にまつわる諸々の思い込みのためでなのです。この恐怖から逃れる最善の方法は、一日一日を充実させて悔いなく生きることです。

（第20号）２０１３年11月1日

※本章中の1、4、6、7、9節は、『いのち〔縮刷版〕』第Ⅵ巻所収の記事「死を考える（一）～（五）」（「いのち」２９３～２９７号）を加筆修正したものである。（編集部）

〈コラム〉

吉田松陰の誠を貫いた人生

十月の暖かい日、世田谷区にある松陰神社を訪れました。下高井戸で東急世田谷線のチンチン電車に乗り換えて、松陰神社前駅で下車して商店街を少し歩くと、左手にありました。

「松下村塾」を主宰した幕末の思想家、吉田松陰の墓はこの境内にあります。神社は、松陰ゆかりの人々が明治十五年に創建したもので、境内右手には松陰の座像と、萩の松下村塾を模した建物がありました。

吉田松陰の死生観

幕府最大の牢屋は江戸小伝馬町でした。（地下鉄日比谷線小伝馬町駅近くの十思公園が小伝馬町の牢屋跡）この小伝馬の牢獄で安政六（一八五九）年十月二七日、午前十時、二十九歳（数え年三十歳）の吉田松陰は斬首されました。

処刑後屍骸は、小塚原（現在の荒川区南千住）に運ばれました。弟子の桂小五郎・伊藤俊輔（後の博文）らが屍体の引き取りを交渉して二十九日に小塚原に行き回向院西北の藁小屋から出された四斗樽の蓋を開けて見ると、首は胴体の手に抱かれていました。

髪は乱れて、顔面に被さっていましたが、血は大量に流れたにもかかわらず顔の色は生きているようでした。衣服は身につけておりませんでした。弟子たちは、師の遺体を二十日前に処刑された橋本左内の右側に葬りました。

次に紹介する「留魂録」は刑が執行される前日の夜書かれたものです。

留　魂　録

身はたとひ武蔵の野辺に
朽ちぬとも留め置かまし大和魂

今日死を覚悟して少しも騒がない心は、春夏秋冬の循環において得るところがあったのだ。思うに彼の農事のことをみるに、春は種を蒔き、夏は苗を植えつけ、秋に刈り、冬はそれを囲って置く。秋冬になると人々はみなその年の成功を悦んで、酒を醸し、甘酒をつくっては村野に歓声があふれている。いまだかつて、秋の取り入れに際し、ああこれで一年の苦労が実ったのかと悲しむのを聞いたことがない。

　僕は年を数えて三十歳になる。一事もなすことなくして死ぬのは、あたかも農事で稲のまだ成長もせず、実もつかず、という状態に似ている。そのように考えると残念だと思わないでもない。

　しかしいま、義郷（松陰のこと）自身としていうならば、これまた秀実のときである。必ずしもこの身を悲しむことはないだろう。なぜならば、人間の寿命は定めのなきものである。農事における収穫の必ず四季を経過しなければならないのと違っている。

　十歳で死ぬ者には自から十歳の中に四季が具っており、二十歳には二十歳の、三十歳には三十歳の自からなる四季があるのだ。五十、百になれば、また五十、百の四季があり、十歳では短すぎるというのは、数日しか生きない夏蝉の運命をして、百年も千年も経過する椿の木の寿命にひきのばそうというものである。

　また百歳をもって長いというのは、その長寿の椿を、短命の夏蝉に比べようというものである。どちらも命の本質を衝いたものではない。義郷三十、四季はもう具っている。成長もし、また実りもした。

　それが実のないもみ（秕《しいな》）であるか、十分に実の入った穂（粟《ぞく》）であるかは僕の知るところではない。僕の微衷を憐れんで、その志を受け継いでやろうという人があるならば、そのときこそ、あとに蒔くことのできる種子が絶えなかったということだ。自ら収穫のあった年に恥じないということになろう。

安政の大獄の中で

　吉田松陰（一八三〇－一八五九）は長州藩・萩の出身で幕末の尊王論者でもあり、偉大な教育家、思想家でした。通称は寅次郎、松陰は号です。

　叔父・吉田家の養子となって、山鹿流軍学の家学を継いで、十歳の時から藩校で講義を行なっています。藩主にその才能を認められて長崎や江戸に遊学、後に再び江戸に遊学して佐久間象山に師事しています。その遊学中脱藩して水戸、会津若松、仙台、青森、秋田、佐渡にまで渡って国情を視察しながら人に会う旅をしています。松陰は旅する人でもありました。

一八五四（安政元）年ペリーが浦賀に再渡来した折に下田で海外密航を企てましたが失敗して、萩の野山獄に幽閉されました。

下獄後、生家で蟄居の身となりましたが近親者に「孟子」の講義をしています。一八五七（安政四）年、松下村塾を主宰して、塾から高杉晋作、久坂玄瑞、品川弥二郎などを輩出しました。

将軍家の後継問題に端を発した安政の大獄は梅田雲浜、頼三樹三郎、橋本左内など実に惜しい人物を葬り去りました。吉田松陰はこの問題について係りはありませんでした。というのはこの間、彼は獄に幽閉されていたからです。投書によって嫌疑を持たれ江戸送りとなり、取り調べを受けることになったのです。

純情だった松陰は取り調べ中、嫌疑ははれたのに、幕府方の知らなかった老中・間部詮勝に諫言しようとしていた計画をしゃべってしまいました。

老中間部の要撃を策していたという松陰の証言に驚いた奉行たちは、態度を一変させました。それでも死罪にするまでもないと流罪の判決を大老・井伊直弼に提出しました。しかし、直弼は自ら筆をとって流罪を抹消して死罪と書き改めました。

「留魂録」は刑が執行される前日の夜、書かれたものでした。

教育者・変革者

松陰は、太平洋戦争前に彼の思想の「忠君愛国」の部分だけが軍国教育に利用され強調されたため、戦後はその反動で無視されてきました。

しかし、松陰を読み直してみると偉大な思想家であり、教育者であり、変革者であったことを知らされます。

松陰は入門を希望する若者に必ず、何のために学ぼうとしているのかを厳しく問うていました。そして入門した弟子たちは、学んで今自分が何を為すべきか、どう生きるかを掴みとらなくてはなりません。学ぶということは「己のため、己の実行のためにこそ学をなすことである」と常に教えていました。

人を人間に根底から創り変える

松陰は教育について次のように考えていました。

真理を追求して理想を実現しようとする志を持った人間を創るのが教育です。理想が確立して目標が定まったら実践をしなくてはいられないという人間を創る教育こそが教育です。

人間が動物と異なるところは理性を持っているということです。その理性を呼び起こし、理性を持って行動する人間を創り出すのが教育であり、人を人間に根底から変えるのが教育です。

師弟の関係については次のように述べています。

僕は君たちの師ではない、僕も君たちと共に学ぶ同志だ。

師を求める前に自分の目標や理想や決心が定まっていなければなりません。それに応えてくれる師を求めなければなりません。

学んでいく中で最も大切なことは、自分の人生の目標がありながら、それらが達成できない、やらなければならないことがあるのにその方法がわからず、迷っている時こそ学問を求め、師を求めることです。

私はあなた方と共に学ぶ学友です。自分が本当にやりたいことは何か、を考えなさい。そして実行しなさい。

物知りや学者なら時間をかければ誰でもなれる、とも書いています。

理論は実践の土台

松陰は、常に社会で起っている話題を政治的立場で考える教育をした人でした。

現代とは何か、現代で一番問題なのは何か、それを解決するために自分の全存在はどう役に立つか考えて生きなさい、ということです。

安易に大衆に受け容れられるような論調は実際に行なわれることは少ないし、現実の役に立つことはない。現実社会の実状をよく観て分析して真っ当な理論を展開した正論は世の人に決して喜ばれるようなものではありません。「良薬は口に苦し」です。

学問、理論は実践の土台で、実践は学問の結実したものです。したがって学問と実践とは表裏一体であり不可分のものであるはずです。知識は十分持っているのに行動実践を伴わないのはその知識が不十分であるか理論に誤りがあるのです。「何もしないで誤りを犯さないよりは、何かを行なって誤った方がよい」。理論は実践の基礎であり、実践は理論の結実です。理論と実践は補完し合って完全なものになっている。と繰り返し述べています。

真理の探究をすることがどれ程楽しいことか。それを実践していくことがいかに喜びが多いことか、それを子どもや生徒たちに教え、実践させていくことがいかに喜ばしいことであるかを経験しない教師は、本物の教師にはなれない、と松陰は書いています。

　さらに、知識を身につけることは出発点であり、土台でもあって、理性の働きに基づく実践による社会の変革こそが教育の目標であり目的です。そのためには大衆を組織しなければなりません。自立し、自律する個の集団が真の組織である、という松陰の組織論には共感するところ大です。

　もし、社会を変革しようとするならば、とことん社会を観て学ばなければならない。理論が誤っていればそこから生れる結果も同じく誤る。一国の平和ではなく、世界融和を志す誠意ある政治を求める人物はどの国にもいるであろう。平和を愛する志を持つ民衆と手を握ろう、という松陰は優れた国際感覚を持っていました。

　世界中の全ての人間が平和に幸福な生活ができる社会に変えようという志がその人の中に確立した時には人に頼ることなく、一人で学ぶことを楽しみながら進むことができる。

　松陰は平等を重んじ、性善説を信ずる人物でした。

　自分を責めることに厳しい人は権力の座などにつけるものではない。人間というものは自分に自信を得れば立ち直ることが可能で、人の性は善である、と述べ誠意を貫いた人物でした。

（第10号）２０１３年１月１日
（第11号）２０１３年２月１日

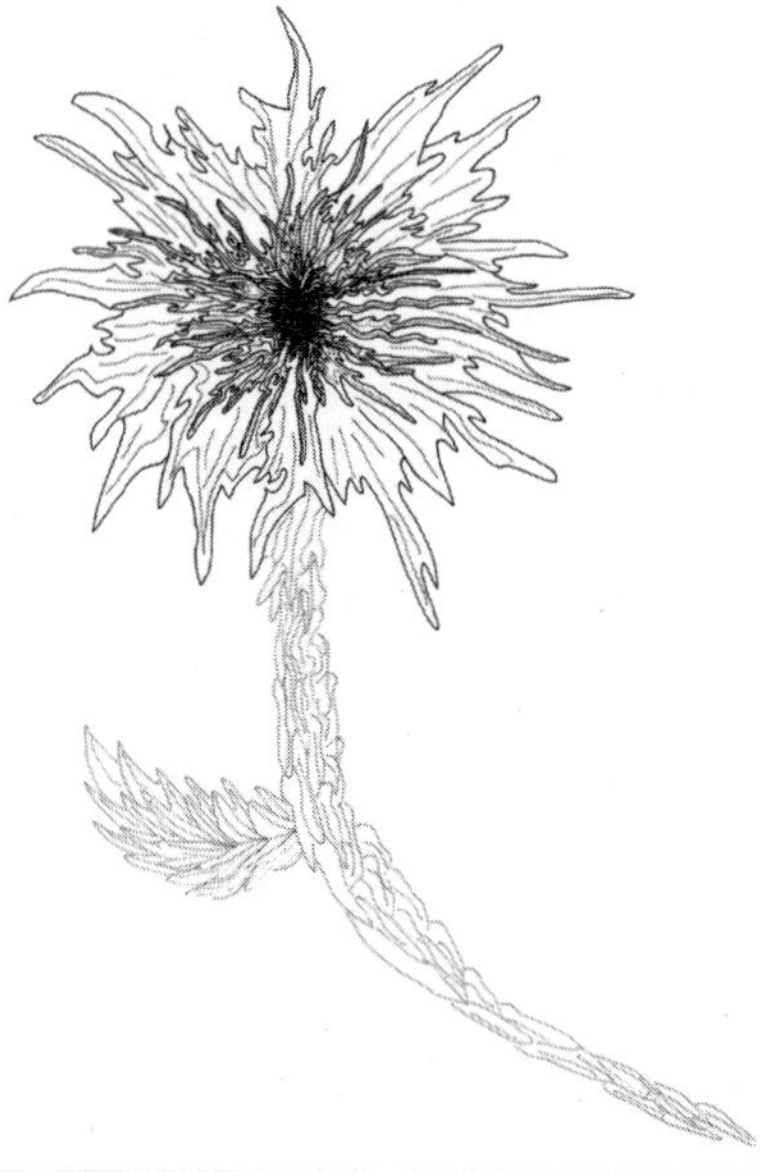

四、笑いの効用

1　いつでもこころに微笑《ほほえ》みを

診療所や病院で最も患者を和《なご》ませて安心させ、喜んでもらえるのは医師やスタッフの思い遣りのある声かけと笑顔ではないでしょうか。診断や説明ももちろん重要ですが、診療所や病院は癒しの場であって欲しいと思います。私自身、心筋梗塞、脳梗塞、椎間板ヘルニアと病気を体験してつくづくそう思っています。

病院にはさまざまな階層、いろいろな価値観を持った人々が来院します。新患との出会いもあります。医療においては患者と医療者は対等の関係でなければなりません。そこで言葉と笑顔とユーモアが重要な役割を果たします。

病院が大きくなるとそこに働く人の中に、管理する人と管理される人という「タテ型社会」が知らないうちに出来上ってしまいます。そのような組織の中では何となく、よそよそしい空気が醸《かも》し出されるのも当然といえば当然ですが、だからこそ病院全体で、誰もが患者に思い遣りのある言葉をかけるコミュニケーションと、笑いと、ユーモアが大切にされなければならないと思います。

ほら、ニッコリ笑って

仏教の教えの中に「無財の七施《しちせ》」があります。これは財産の全くない人でも世の中のためにできる七つの奉仕があるというものです。要するにお金を使わず人の役に立てるということです。

一、身施《しんせ》　体を使う奉仕のこと。

二、心施《しんせ》　他人に対して思い遣りの心を持つこと。
三、眼施《げんせ》　常に優しい眼差しでいること。
四、和顔施《わげんせ》　いつも穏やかな笑顔を絶やさないこと。
五、言施《ごんせ》　誰にでも思い遣りのある温かい言葉をかけること。
六、床坐施《しょうざせ》　自分の席を譲る施しのこと。
七、房舎施《ぼうしゃせ》　家を、一夜の宿を必要としている人に貸すこと。

ここにもいつも穏やかな笑顔を絶やさないという笑顔の効用が示されています。

全ての動物の中で笑うことのできるのは人間だけです。ニーチェは「人間だけがこの世で苦しんでいるから、笑いを発明せざるを得なかった」のだといっています。したがって笑うということは、人間にとって貴重な財産なのです。この財産をただ持っているだけでなく、もっと有効に使いましょう。

人間は生まれれば必ず年を取って老い、病気と健康の間を往ったり来たりしながら、苦しみを抱えながら、やがては死んでいきます。生老病死苦から逃れることのできない定めです。今五〇歳の人で、五一年後に生きている人はわずかです。五一年前にはこの世に存在していませんでした。人生は短く、果敢無《はかな》いものです。同じ生きるなら笑って、朗らかに生きていくほうが楽だし、楽しく過ごせます。笑うことの少ない人生より多く笑うことのできる人生のほうが幸福でしょう。

笑いの医学的効用

福岡の伊藤実喜先生が「〝笑いの健康〟医学的効用八箇条」を提唱しておられます。それを紹介致しましょう。

一、笑いは悪いもの（ストレス）を吐き出すことから発生したと言われ、大脳辺緑系よりβ‐エンドルフィン（脳内快感ホルモン）が分泌され、ストレス解消になる。

二、笑いは、腹式呼吸を促進し、新陳代謝が活発になって〝腸能力〟がつき、消化機能を高め、長寿（腸寿）になる。

三、笑いでストレスを発散し、ときめき、感動することでNK（ナチュラルキラー）細胞が増加し、免疫力を高め、ガンになりにくい体をつくる。

四、笑いを体験することで、A-10神経（快感神経）が興奮し、脳波でα波が増え、情緒が安定し、感情が豊かになり、全身が癒やされる。

五、笑いを考え、演じることで血液循環が良くなり、高血圧、心臓病、肥満等の生活習慣病や脳神経細胞の老化ボケの予防になる。

六、笑いは、人の心を癒やし、和ませ、引きつける不思議な力があり、人や社会との交流、人間関係、さらに医学・介護・教育に驚異的な力を発揮する。

七、笑いネタの工夫や演出方法に頭を使うことでやる気や生きがいがさらにアップし笑いのある充実した生活が送れる。

八、笑いは自分が笑うことで相手も笑う（これを笑いのミラー（鏡）現象という）。世界共通の文化遺産なので、世界に平和をもたらしてくれる。

一九九七年に一二二歳で亡くなり世界最高齢といわれたフランスのカルマン夫人が遺した言葉に「元気で長生きするには、退屈しないことと笑うことが大切である」がありました。退屈しないということは、いくつになっても好奇心を失わないということです。笑いが健康によいとは、人間に本来備わっている自然の治癒能力が活性化されるからです。

饅頭は食べれば減ってなくなってしまいますが、笑いは大いに笑ったからといって減ることはありません。汲めども尽きない泉のように次から次へと生まれてきます。笑うことそのものが生きるエネルギーです。残された人生は精々《せいぜい》笑って過ごしたいものです。

（第40号）２０１５年７月１日

2　笑うことは素晴らしい

生物のなかでも人間だけが笑う。
人間の中でも賢い者ほどよく笑う。（ユダヤ格言集）

アンブローズ・ビアスの『悪魔の辞典』（筒井康隆訳、講談社）で笑いの項を引くと、次のように書いてあります。

LAUGHTER【笑い】名　顔面の歪曲と言語にならない騒音をともなった内的痙攣。伝染性があり、一時的な中断はあるが、治せない。笑いの発作に襲われやすいことは、人間を他の動物から区別する特性のひとつであり、他の動物は人間が手本を示しても誘発されないばかりか、この疾患を自在に引き起す細菌にも負けない。笑いを人間の患者から動物に接種することができるかどうかは、まだ実証されていない。メイア・ウイッチェル博士は、笑いの伝染性は霧状に飛散する唾が瞬間的に発酵するためとしている。この特徴から、彼はこの病気をコンバルシオ・スパルゲンス（散布性痙攣）と名づけた。

とあります。これは確かに笑えますし、特徴をとらえていて面白いと思いました。

「笑いは人類の財産である」（ラブレー）

人間は社会的動物です。その社会的集団生活の中で他の動物にはない苦しみや悲しみやさまざまな苦労などストレスを日々感じています。文明生活を生きることがストレスになっているのです。そこで大自然は、それを解消し円滑にコミュニケーションをとって人間関係を保つようにと人間にだけ笑いという特別な感情表現を授けてくれたのだと思います。

赤ちゃんには生後三カ月頃に、三カ月微笑という笑いがあります。誰に習ったわけでもないのにどの赤ちゃんでも三カ月位になるとニッコリ笑うようになります。内か外かわからない時期が過ぎて、だんだん人間らしくなってきて自分と外がわかれかかった時期に、外に対して微笑みが生まれるのです。その微笑を見てお母さんは「ヨシヨシ」と声かけをします。人間と人間の関係がつくられていくという根本に微笑みがあるということは凄いことです。それが生まれて三カ月になると自然に出てくるということも驚きです。

せっかく授かった笑いですから、大いに笑わなければ大損です。

柳田國男が昭和十年に書いた、「笑の文字の起源」『笑の本願』（『定本柳田國男集』第七巻、筑摩書房）で、「日本人はどちらかと謂うと、よく笑ふ民族である」……「ところが実際の人生には、笑ふ種はさう多くは無い。泣く種ほどにも多くは落ちこぼれていない。故に笑はんと欲する者は、勢ひ常に笑の安売、又は高買をしなければならないのである。」「寂寞《じゃくまく》たる滑稽生活」に支配されていて、それはとても貧しい。次の段階が「幼い子どもたちの挙動を見ていても、よほど以前の笑より少なく、いよいよ言い様もない深い寂しさである」といっています。七〇年経った現在と非常に近い感じがします。

日本の教育は「追いつけ、追い越せ」「負けるな、勝て」の競争原理と管理の教育でゆとりがありません。勉強、勉強としめつけ詰め込みますから、この反動として出てくるのが悪フザケ調の笑いです。テレビやマンガに見られる底の浅い軽薄な笑いです。

ユーモアのある人生

笑いにはどんな作用があるのでしょうか。

①親和信用
②ストレス解消作用
③免疫力増強作用
④脳の活性化作用

先ず、最初の親和作用を見てみましょう。

「笑う顔に矢立たず。怒れる拳笑顔に当らず」の諺にあるように、笑いは人と人とを近づけ良好な関係をつくり出します。

私たちは自分の顔は鏡のなかか写真で見ることができる位でほとんどの時間は他の人に見てもらっているのです。したがって他人様のためにもニコニコしていい顔を見せてあげることが大事なことなのです。

笑顔でいることで人間関係がよくなります。仕事が円滑に運びます。笑顔が潤滑油になって全てが順調に上手く回転します。商人でしたら商売繁盛です。

商売上手で知られている近江商人の商売哲学に、

「商は笑にして、勝なり。
笑、昇ずれば、商は勝なり。
笑を省ずれば、商は少なり。」

がありますが、人間関係の機微をとらえてみごとです。ユーモアも人生の潤滑油といってよいでしょう。ユーモアのない教師は子どもに接するべきではありません。同じようにユーモアのない医者も病人に接するべきではありません。

ユーモアの世界は子どものエネルギーの源です。ユーモアの心とは自由への願望といのちを育む源泉です。これを促すことこそ教師や医者の仕事です。

「ほめて認めて一歩前進」という文章を、私がつくった精神科リハビリかるた（ＮＰＯ法人よもぎ会）に入れています。

他の人に接する際には、笑顔を忘れず、その人の長所を探して、誉めて認めてその人がさらに伸びるように導いていくことが大切です。

子どもや病人と関わる時の心構えとして大事なことです。

笑って暮すも一生、泣いて暮すも一生。笑って損した者なし。笑う門には福来る。

（第41号）２０１５年8月1日

3　ユーモアの精神

「強いストレス状態が避けられないときに、それに対抗する数少ない方法の一つは、その状況を笑いものにすることだ。」（サミュエル・シェム）

ストレスを深く研究したハンス・セリエは「楽しい考えにふけることほど嫌な気分を効果的に解消するものはない」と書いています。

自由なのびのびした生活態度

『笑いの治癒力』（アレン・クライン著、片山陽子訳、創元社）に次のような例が紹介されていました。

〔ポール・ラスキン博士が〕老化の心理学的側面について講義をしているとき、博士は学生に次のようなケーススタディを読んで聞かせた。

その女性は言葉を話すことも、理解することもできない。ときどき何時間もわけのわからないことをブツブツとしゃべりつづける。人、場所、時間の見当識はないが、自分の名前には反応をしめす。私がその女性の観察をはじめてから六カ月になるが、いまだに自分の身なりに無関心で、みずから身のまわりのことをしようという努力は見られない。食事、入浴、着がえ、すべて人の手に頼っている。歯がなく、食事は裏ごしして与えなければならない。絶えず流れ出るよだれのため衣服はつねにべたべたになっている。歩くことができず、睡眠は不規則。真夜中に目覚め、泣き叫んで他人を起こすこともしばしばである。たいていは機嫌よく愛想がいいが、日に何度かはさしたる理由もなくいらだち、泣き叫ぶので、誰かがなだめに行かなければならない。

これを読み上げたあとラスキン博士はこの人の世話をしてみる気はないかとたずねた。おおかたの学生がとてもそんな気にはなれないと答えたが、博士は自分なら喜んでやるだろうし、君たちもたぶん同じだろうと言った。学生たちがきょとんとしていると、博士はその女性のものだという一枚の写真をまわした。そこには六カ月になる彼の娘が写っていた。（……）

ユーモアとは横から、斜めから、逆さまから、あるいは裏側からものごとをながめることなのだ。

私たちが困難に出会って苦しいと感じるときは、出来事そのものが苦しいというより、それを苦しいことだと思うから苦しくなるということが大いにあります。つまり、苦痛をよぶのは事実そのものではなく、その事実との付き合い方にあることもあります。

遠くから眺めたからといって、その苦しみが変わる訳ではありませんが、離れたところから見ると実はそれ程の大問題ではなくて、誰にでも起ることだということが解ります。

ユーモアで失ったものを取り戻すことはできませんが、その悲しみや辛さを和らげることはできます。ユーモアはストレスを緩和して苦しいときに役立つ道具です。「ユーモアの精神」とは何かといえば、心にゆとりを持って自分と外の世界を見つめる自由なのびのびした生活態度ができる精神状態といってよいでしょう。

ユーモリストの条件

笑いには三つの要素があります。

一つ目は、にっこり笑う、表情としての笑いです。

二つ目は、「アハッハッ」「ワッハッハッハ」と声を出して笑う笑いです。

三つ目は、ユーモアを含んだ話術としての笑いです。

ユーモアは先にも書いたように、「ゆとり」なのです。

ユーモアは人生の潤滑油なのです。

ユーモア（HUMOR）は心と体のビタミンHです。

一日一錠を必ず服用して下さい。

ユーモアのセンスがあるユーモリストの条件に次の七項目を挙げている方がいました。

①面白さを敏感に受け止めて、素直に笑える人。

②落胆している人を笑いで元気づけることができる人。

③頑《かたく》なな考えにとらわれず、しなやかな心を持っている人。

④気持にゆとりがあって、ささいなことで腹を立てない人。

⑤独立独歩の精神の持ち主で、権力に従属しない人。

⑥あるがままの自分を、あるがままに認めて受け容れることのできる人。

⑦自分の失敗や欠点について、冷静に恥かしがらずに話すことができる人。

ユーモリストには他人を思い遣る優しさと、自分の過去の恥かしい失敗談を人前で話す勇気も必要です。

私には④と⑥と⑦の笑顔が欠けているように思えます。人間的にまだまだということです。これからはこれらの点を克服するよう努力していきます。

笑いは一時的にせよ心を解放して辛いことを忘れさせてくれます。笑ったからといって笑いが減ることはありません。笑いによって次から次と笑いは起ってきます。汲めども尽きないエネルギーの源のようなものです。

最も憩うことのできる家庭にするために家の中に笑いを。癒され、安心・安全な居場所にするために家庭に笑いを。終りよければすべて良しです。残された人生の時をできるだけ笑顔で過ごしましょう。

（第42号）２０１５年9月1日

4　笑いは内面の自由

私は静岡県旧清水市で町医者としての仕事に励む傍ら、一九八三年から一三年間、脳卒中患者さんのためのリハビリ教室を、今は取り壊されてなくなった南部公民館の柔道場で開いてきました。リハビリ教室の結びは、毎回参加者全員でアッハハ・ワッハハと大笑いをする、お笑い講でした。

翌八四年四月から、当時畏友・大田仁史先生がリハビリ部長をしていた函南のＮＴＴ病院でリハビリ教室のお花見が始まりました。

そのお花見も現在は「精神障害者生活支援よもぎ会」に引き継がれて昨年（二〇一四年）で三〇回になりました。庭でお花見をした後、室内体育館に集ってミーティングの締め括りとしてここでも脳卒中の患者さんと精神を病む患者さんが共に笑うお笑い講です。笑った後は、日頃の病苦や生活苦を忘れたような明るい晴れ晴れした表情になって帰路に着いていきます。

笑ってストレスを吐き出す

おかしいから笑うことはもちろんですが、笑っているうちに自然とおかしくなってきて本当に腹の底から笑えるようになります。笑うという行為は息を大きく吐く行為で、笑っている間は余計なことは頭にはありません。雑念や心配があれば笑いは消えてしまいます。

笑うと元気になります。笑うと楽しくなります。笑っているうちに嬉しくなってきます。

口を大きく開いて、アッハハ、ワッハハと大笑いをすれば自然に腹式呼吸になっています。新鮮な酸素が脳にたくさん送られますから脳が生き生きしてくるのは当然です。腹式呼吸は胸式呼吸の五倍も多くの酸素を体内に取り込むことができるのです。

「笑いは最上の医薬（諺）」ともいわれていますし、中国の諺に「一日三回笑えば薬は要らない」というのもあります。

お腹の底からアッハハ、ワッハハと腹がよじれるほど大笑いをすると、胃でも腸でも肝臓でも主要な臓器はすべて刺激を受けて病気に対する抵抗力が高まることは疑いありません。アッハハと大笑いすると、ストレスを笑い声と一緒に体の外に出すことができるのです。笑うことで苦しみや悲しみを乗り越えることができますが、泣いてもそう簡単にはいきません。

笑いは人間関係を良好にするだけでなく肉体的、精神的、社会的に大きなプラス効果をもたらしてくれます。

現代社会の中での最大のストレスの原因は人間関係

といってもよいでしょう。家庭、地域、学校、職場などの人間関係で悩む人が多いということです。

笑いは人間関係の潤滑油にもなります。孤独や不安を和らげてくれる副作用のない精神安定剤の役割も果してくれます。

これも中国の諺ですが、「一怒一老、一笑一若」があります。「一回怒ると一歳年をとり、一回笑えば一歳若返る」という意味です。笑いは脳を活性化させる素晴らしい力を持っているし、人生そのものを変える力を有しているということではないでしょうか。

笑いは「復元力としてのエネルギー」を持っています。笑いは汲めども尽きない、人間の生命力から生み出されるのです。生きるためには笑いはなくてはならないものなのです。

笑いは自然の大笑いや微笑だけでなく、作り笑いや思い出し笑いでも効果があります。人間が笑っていれば悪魔は力を失います。

泣くと笑うは共に浄化作用

ショウペンハウエルは「多く笑う者は幸福であり、多く泣く者は不幸である」といっています。一般的には確かにその通りです。しかし一方に「笑う時にも心に悲しみあり、喜びの果に憂いあり」という言葉もあります。チャーリー・チャップリンも「人生はクローズアップで見れば悲劇、ロングショットで見れば喜劇」と言っています。幸福と不幸は別ものではなく、常に表裏一体をなしています。

さんざん泣いた後も笑いに笑った後もさっぱりした気分になって、何か元気になれそうな気持になるものです。それは泣くことと笑うことには強い浄化作用、ストレス解消作用の共通性があるからです。悲しくて泣く時の涙には、ストレスによって生じた有害物質を洗い流す重要な役割があるのです。

泣くことは困難や悲しみが人を襲った時、からだが緊張を和らげる最もよい方法ですから、自分が泣くことを許してあげることが大切です。泣きたい時には泣きたいだけ泣くことがよいのです。

涙の中で笑うことができた時は、大変悪いことが起っていることは間違いないが、悪過ぎるという事態ではない、というメッセージを受け取っていることです。

人間生きていくからには、大きい夢と理想を持って生きようではありませんか。生きていること、生かされていることに感謝して朗らかに一日一日を暮しましょう。花や木すべての生あるものに感動するしなやかな感性を育みながら生きていきましょう。「これでいいじゃん」と何事にもめげないプラス思考で生きよう。人間にしかない笑いを大いに活用して明るく朗らかに年をとりましょう。

人生まだまだこれからです。

（第43号）２０１５年10月１日

5　免疫力を高める笑い

今回は「笑いの医療」のパイオニアであるノーマン・カズンズを簡単に紹介します。

ノーマン・カズンズは全米有数の総合評論雑誌『サタデー・レビュー』の名編集長で尚かつ世界的ジャーナリストでした。第二次世界大戦中は反戦平和の活動をし、戦後はケネディ大統領とフルシチョフ首相のパイプ役を果しました。広島・長崎で被曝した若い女性たちのケロイド治療のため義援金を募り米国で治療を受けさせたことで「原爆乙女の父」とも呼ばれていた人物でした。

笑いの医学の始まり

一九六四年、カズンズが五〇歳の時、旧ソ連から帰国後、発熱と全身の痛みで寝返りもできず、口も開けない重体に陥りました。診断名は「強直性脊椎炎」で「五〇〇人に一人しか治らない」膠原病の難病でした。医師は「このような全身状態から回復した患者は看たことがない」という病状でした。

大量の鎮痛剤、抗炎症剤、睡眠薬が投与され正に薬漬けでしたが、病状は少しも改善しませんでした。絶望の暗闇にいた彼の脳裏に二冊の本が浮びました。一つはストレス学説で有名なハンス・セリエの『生命とストレス』（邦訳＝細谷東一郎訳、工作舎）と、もう一冊はウォルター・Ｂ・キャノンの名著『からだの知恵』（邦訳＝館鄰・館澄江訳、講談社学術文庫）でした。

セリエの本には「副腎の疲労が、欲求不満や抑え付けた怒りなどのような情緒的緊張によって起こりうる」

「不快なネガティブな情緒が人体の化学的作用にネガティブな効果を及ぼす」と書かれていました。キャノンはホメオスターシス（生体の恒常性）を説き「自身の内分泌系……特に副腎の機能回復が重症の関節炎と戦うための絶対条件だ」と述べていました。

カズンズは「……もしネガティブな情緒が肉体のネガティブな化学反応を起こすというのならば、積極的な情緒は積極的な化学反応を引き起さないのだろうか。希望や、信仰や、笑いや、信頼や、生への意欲が治療的価値を持つことも有り得るのだろうか。」（ノーマン・カズンズ『笑いと治癒力』松田銑訳、岩波現代文庫）と思いました。

心労や身体の抵抗力が低下して副腎機能が弱っているのなら、自分の副腎を元気づけて正常の機能にさせようと考え、主治医の協力を得て、大量の薬を減らしました。快適な気持、プラス思考の行動の基本は「笑い」だと気付きました。彼は病室に映写機を持ち込んで喜劇映画を観ることに没頭しました。友人のプロデューサーはドッキリカメラの番組のフィルムを送ってくれました。「効果はてき面だった。ありがたいことに、十分間腹をかかえて笑うと、少なくとも二時間は痛みを感ぜずに眠れるという効き目があった。」「笑いの鎮静効果が薄らいでくると、わたしたちはまた映写機のスイッチを入れたが、それでもう一度しばらく痛みを感じずにいられることが多かった。」

笑いで難病を克服

医学会では誰も着目しなかった「笑い療法」が始まったのです。ただし、この「笑い療法」にも副作用がありました。それは他の患者たちの迷惑になることでした。そこで彼は病院からホテルに移りました。経費は三分の一に減り、廻診、検温、検査、清拭などによって生活が乱されることもなくなり療養生活も快適なものになってきました。

血沈や諸検査の結果が改善すると同時に不治だといわれた病いの影も次第に消えていきました。

「笑いは百薬に勝る」という古来の言い伝えが真実であったことにカズンズは驚き、喜びました。こうして八カ月目には親指を動かしても痛みを感じないようになりました。やがて痛み止めや睡眠剤が要らない日がやってきました。腹の底から笑うという前向きの生き方が、医師もサジを投げた難病を見事に克服したのです。一日中仕事ができるほどに回復しましたが、激しい症状が一夜のうちに好転したわけではありませんでした。友人の医師や看護師の献身的な努力など、さまざまな要因が重って起きた奇蹟であることをカズンズは実感したのです。

現代の医師には薬という強力な相棒がいますが、病人の体内にはそれを上回るすばらしい自然の治癒能力が備っていることもカズンズは学んだのでした。

ジャーナリストだった彼は、自分の体験を克明な論文にまとめて一九七六年に「ニューイングランド・ジャーナル」という世界的に権威のある医学雑誌に発表しました。この論文を高く評価した、カリフォルニア大学のロサンゼルス校は、医学部教授としてカズンズを招聘したのです。ここで彼は「心と体」の関係を究める精神免疫学の研究をすることになったのです。

自然の治癒能力を信じよう

人が不安や恐怖を感ずるとそれを外部からの攻撃と受け止めてストレスになります。すると脳はアドレナリンやノルアドレナリンというホルモンを分泌するよう司令を発します。これは攻撃ホルモンと呼ばれています。血管は急に収縮して血圧は上昇します。脈拍は増え、血糖も上昇します。この攻撃と恐れのホルモンを中和するのがβ・エンドルフィンです。「人間の脳にエンドルフィンの存在することが確められた。これは分子構造や効果の点でモルヒネに酷似した物質だ。これはいわば人体のそれ自身に備わる麻酔薬であり、弛緩薬であり、人間が痛みに耐えるのを助ける効果を持っている。」（『笑いと治癒力』）

このβ・エンドルフィンが笑うことで脳から盛んに分泌されるのです。これは快楽ホルモンともいわれています。逆に怒ると攻撃ホルモンのノルアドレナリンが分泌されるのです。

笑うことでストレス物質のコルチゾールやインターロイキンが減少します。そのことで痛みが軽減することも実証されています。楽しく笑うことは、乱れた機能を正常に戻します。それぞれの機能が円滑に動くようになって炎症などに立ち向かうのです。

カズンズはこうもいっています。

「私はもう一つのことも学んだ。たとえ前途がまったく絶望的と思われる時でも、人間の身心の再生能力を決して過少評価してはならぬということだった。」（『笑いと治癒力』）

笑ってＮＫ細胞を増やそう

『南山堂医学大辞典』には、「ＮＫ細胞（ナチュラル・キラー細胞）は標的細胞と結合し、これを融解する。リンパ系細胞で末梢血、末梢リンパ組織に分布し、異種細胞を攻撃する。生体内ではウィルス感染防御、抗腫瘍作用（抗がん作用）とくに（がんの）転移抑制にはたらき、骨髄細胞や抗体産生細胞の分化にも調節的にはたらく」とあります。すなわちＮＫ細胞はがんや感染症と闘う細胞なのです。

笑うとＮＫ細胞が増えます。その事実は広く知られています。笑うと笑いの刺激で脳の中に「善玉ペプチド」が大量に分泌されます。ペプチドとは、二つ以上のアミノ酸が結合したものです。蛋白質とは違って生物活性を持っています。ホルモンや微生物が産生する抗生物質もペプチドの仲間です。

この善玉ペプチドが血液やリンパ液によって全身に運ばれます。善玉ペプチドがＮＫ細胞の表面に付着するとＮＫ細胞が活性化します。血中の酸素の取り込みが増え、コルチゾールが分解されます。するとＮＫ細胞がさらに活性化して、がんや感染症に対する抵抗力が増大するという仕組みになっています。

人間の体の中では、一日に三〇〇〇個から六〇〇〇個のがん細胞が生まれているといわれています。なぜこの全てががん細胞に育たないかというと、免疫の働きで抑えているからです。リンパ球の一種のＮＫ細胞は、がん細胞を食べる働きをもっていますが、笑うとこのＮＫ細胞が増えるのでがんになりにくくなるのです。

（第44号）２０１５年11月１日

6　笑いで若さを取り戻そう

年を取ると若い人に較べて頑固になり、考え方もしなやかさを失っていきます。想像力も衰えてきます。脳の老化を防ぎ活性化するためにも大いに笑いましょう。

人間の脳細胞は成人で約一四〇億個あります。その脳細胞が二〇歳を過ぎると毎日一〇万個から三〇万個死滅しています。一四〇億個もありますからなくなってしまうことはありませんが確実に減少していますから脳力は衰えてきます。記憶力が低下したり、物忘れが酷くなったりするのはそのためです。

笑って脳を活性化させよう

「一怒一老、一笑一若」という中国の諺を前に紹介しましたが、あくまでも推察ですが、腹を立てると三〇〇〇個の脳細胞が死滅して、一回笑うと五〇〇〇個の脳細胞が増えるといわれるほど、笑いが脳に影響を及ぼしています。

脳細胞は新鮮な酸素を大量に必要としますが、蓄えておくことはできませんから絶えず補給しなければなりません。腹式呼吸は胸式呼吸の五倍の酸素を取り込むことができます。大笑いすることは、知らず間に腹式呼吸をしていることですから脳がイキイキしてくるのは当然です。

笑うと脳下垂体からハッピー・ホルモンといわれるβ・エンドルフィンが大量に分泌されます。これはモルヒネの数倍の鎮痛作用と快感作用をもっていますから、ゆかいな気分になるのは当然です。

ノーマン・カズンズが病室で喜劇映画を観て「一〇分間、腹を抱えて笑うと、少なくとも、二時間は痛みを感じずに眠れるという効果があった」ということもうなずけます。

人間の感情には、喜怒哀楽があります。喜びと楽しみがポジティブな感情とすれば、怒りと哀しみはネガティブな感情になります。

愛、希望、信頼、笑い、成功、楽しみ、充足感、満足感これらは「ポジティブな感情」といえます。この感情は、副交感神経を刺激します。緊張がほぐれますから血管は拡張して血圧は下ります。笑った後には血糖も低下することも証明されています。胃や腸の消化管の活動も活発になります。よく眠れます。良いことづくめです。

これに対して絶望、怒り、失敗、嫉妬、裏切り、失恋から生み出される感情は「ネガティブな感情」です。この感情は、交感神経を刺激しますから血圧は上昇し、心拍数は増え、血糖も上昇して、消化管の働きも抑えられ、筋肉も緊張します。

聖書には「楽しい心は医師と同じ働きをする」と書かれています。

ドイツの有名な哲学者イマヌエル・カントも「大声の笑いは、最も重要な肉体過程を促進する。それにより健康感……腸と横隔膜とを動かす情感……われわれの感ずる満足感を満たす健康感を生み出す」。「われわれはそれにより精神を通じて肉体に到着し、精神と肉体の医師として使用することができるのだ」というようなことを述べています。

こうなると、医療の中に笑いとユーモアを積極的に入れて温か味のある医療を目指すことが大切ではないでしょうか。

「ウイットとユーモアは、人間精神の高度に分化した表現である。陽気な楽しさは、神経の緊張に対抗するための非常に有用な方法であり、ユーモアは有効な治療になりうる」。これは精神科医、ジグムント・フロイドの言葉です。

身心共に健やかに生きたいものです。元気に生きて丈夫な子どもを育てるために、自然治癒力としての笑いが人間にだけ与えられているのです。

笑いに二つの種類

それではどんな笑いでもよいかといえばそうはいきません。ジョイスは『ユリシーズ』の中に「頭がからっぽなことを実証するのが馬鹿笑いだ」と書いていますし、ドストエフスキーは「笑いで人柄がわかる。よく知らぬ人でも、その笑い方がこちらの気にいれば、その人は善い人だと断言できる」といっています。

あ	ハ	あっはは、あっはは	は	◎
い	ヒ	いっひひ、いっひひ	は	×
う	フ	うっふふ、うっふふ	は	×
え	へ	えっへへ、えっへへ	は	×
お	ホ	おっほほ、おっほほ	は	○

笑いには二つの種類があります。

一つは、真の笑いといってよい健康的で、力強く、心を落ちつかせる笑いです。

二つ目は、笑いは相手が自分より劣っているかのような軽蔑や復讐の笑いで、気持のよい笑いではありません。

最近は表情を面《おもて》に表わさない人が増えているように思います。インターネットやスマホが普及して直接顔を合わせて話をする機会が減ってきているのも一つの原因ではないでしょうか。社会から笑いが失われることは、その社会の活力が衰えたことを意味しています。

（第45号）２０１５年12月１日

第二章

あしたへ

——よりよい未来を築くために（乾達）

一、原発全廃に向けて

1　大飯原発再稼働の暴挙

（4号号外）2012年7月

東京電力福島第一原発事故によって、原発がかくまで危険な代物であることを、日本だけでなく世界中の人たちは思い知らされました。原発事故以降「脱原発」の民意は、大きなうねりとなって日本全土を覆っています。その流れに逆らって野田佳彦首相（＝当時）は、福井県おおい町の関西電力大飯原発の再稼働決定を強行しました。

国民の多くが反対し、誰もが「おかしい」と思っているのに、大飯原発の再稼働が決まってしまう。民主主義が根底から踏みにじられたのです。私たちは、この暴挙に屈することなく原発のない日本を創り出し、政治を変えていかなくてはなりません。

では、大飯原発再稼働について野田内閣（二〇一一・九・二〜一二・一・十三）は、どのような理由づけをしたのでしょう。彼らの発言をみてみましょう（以下は、『東京新聞』二〇一二年六月十七日による）。

二〇一一年八月　民主党代表選前　野田首相「経済に悪影響をおよぼさないために」
　九月　所信表明演説　「電力安定供給のために」
二〇一二年二月　枝野幸男経産相「電力料金の値上げ抑制のため」
　四月　前原誠司政調会長「国債暴落回避のために」
　　四月十三日　再稼働方針決定
　　　枝野経産相「社会的弱者へのしわ寄せにならぬように」
　五月十四日　藤村修官房長官「地元の雇用も含めて判断」
　六月八日　記者会見　野田首相「国民生活を守るため」「原発は重要な電源」

反原発の世論が高まる中で右往左往する閣僚の発言は、国民の信頼から遠く離れて、国民生活を守るどころか今一度事故が起これば日本が破滅しかねない重大な決定を六月十六日に行なったのです。今年（二〇一二年）五月五日、北海道電力泊原発3号機が定期点検に入って、日本にある全五〇基の原子炉が停止しました。それでも私たちの生活は、以前と変わりなく原発なしの電気で経済活動ができていて特に問題は起きていません。

原子力発電についてズブの素人である野田首相、枝野経産相ら四人が「妥当」と判断し、事故以来一年以上経っても全く反省もせず、責任もとらないで居座っている原子力安全・保安院の「安全基準」に照らしておおむね適合したとのことで政治的に判断がなされたのです。この判断が正しかったと思う人はいないでしょう。

原発再稼働の可否を決定する前に何が検討されなければならなかったのでしょうか。①福島第一原発事故の原因究明、②原子力行政の信頼回復と安全基準の確立、③事故の責任を明確にし、謝罪させること、④最悪の事態に備えること、⑤電力需給の実態を明らかにすること。

これらのうち、どれか実行されたのでしょうか。何一つ実行されていなかったのです。

原発事故の原因究明なし

第一の福島原発事故の原因については、東電も「原子力ムラ」の御用学者や官僚もすべて「想定外」の津波によるものだして、自らの責任について口をかたく閉じています。地震によるプラントの被害実態が明らかになっていない現段階で再稼働を決定するのは、暴挙といわざるを得ません。次の悲劇を防ぐためには、事故調査委員会の調査結果が出て安全基準が見直されてからにすべきでした。

第二に、原子力行政と安全基準についてですが、原子力安全・保安院や原子力安全委員会などが国民の信頼を全く失っていることは明明白白です。レフリーとプレイヤーがぐるとなってゲームをしていたのですからお話になりません。

だからこそ新しい原子力規制庁と、原子力安全調査委員会と審査専門委員会を作ろうとしているのです。新しい制度、新基準ができる前に現行のストレステストと間に合わせに三日間で作成した暫定基準で、なし崩し的に原発再稼働することこそ問題ではないでしょうか。

斑目春樹原子力安全委員長自身がストレステストを再稼働と結びつける事例は外国にはない、といっているように、ストレステストは運転中の原発の危険性を探り出すためのもので、再稼働の審査基準にはなりえないものです。それにもかかわらず政府内の無言の圧力に屈して安全委も保安院の判断を了承しました。その際の斑目氏の名言「要するに、すべて〝yes, but〟なんです」と、ストレステストの一次評価では不十分であることを認めていたのです。

新しい規制庁と専門委員と放射線審議会のメンバーからは、利害関係者や原発関連企業から寄付や研究費を贈られた疑いのある者は全員排除すると同時に、原子力安全行政の責任者は解任して清新な人事に入れ替えなければ、国民の信頼を回復させることは不可能です。

第三は、責任と謝罪の問題です。見えない放射性物質の恐怖を生み出し、農地・住宅地・山林そして海に広範囲の放射能汚染をひき起し、人々の故郷を奪い、膨大な民衆の生活を破壊し、彷徨う人々の悲劇はすべて、原発事故のもたらしたものです。これだけの事故を起しても逮捕者は一人も出ていません。交通事故で人を轢死させたら逮捕されるのにです。

経産省や保安院に巣くっている原発官僚は安全性を無視して原発行政を推進してきました。事故当時、経産省事務次官・松永和夫や保安院長・寺坂信昭は、割増退職金を手にしてごまかしの「更迭」をされましたが、明確に責任を取った者は一人もいませんし謝罪もしていません。

官僚だけでなく、原発の安全性に責任のある斑目原子力安全委員長も原子力委員会委員長の近藤駿介をはじめとして「原子力ムラ」に群がっていた御用学者の誰一人として責任を取っていません。

電力会社や財界の中枢・官僚と結びついて甘い汁を吸ってきたのが自民党政権でした。その自民党の圧力で、老朽化して危険な原発は四〇年で廃炉にするという原則が骨抜きにされてしまいました。

自民党には、原発問題について口出しする資格はまったくないのです。

日本を原発列島化した、東電を筆頭とする電力会社、官僚、御用学者、政治屋の責任者には責任をとらせ謝罪させなければなりません。

被害想定も避難対策もなし

第四は、福島のように最悪の事態が起きた時の対策です。

原発の安全神話は完全にすっ飛んでしまった以上、放射性物質の放出が防げなかった場合も想定されていなければなりません。事故が起こった時、住民に被曝させない措置を講じておくこと。被曝が防げなかった場合の責任の所在や被害賠償のあり方などを明確化すること。こういったことがまったく語られていません。

このような状態で再稼働するなどとは、言語道断ではないでしょうか。

西川一誠福井県知事は「安全性の追求に終りはない」などと大層立派なことを言いながら、いとも簡単に再稼働を認めました。西川知事に答申を提出した有識者グループの中には、電力会社から研究費や献金を贈られていた人間が何人もいましたし、福島レベルの事故が起こった時、放射性物質がどのように拡がるかＳＰＥＥＤＩの予測図を文科省に請求できるのにもかかわらず、それもしないで避難計画も作成していません。

今年（二〇一二年）三月の「日本世論調査会調査」では、将来は原発をなくす「脱原発」に「賛成」が四四％、「どちらかといえば賛成」三六％で合計八〇％でした。ところが五月に行なわれたＦ

ＮＮ世論調査では「電力が不足するのなら安全が確認された原発は、再稼働させてもよい」とする人が五一％と過半数になっていたのです。

　六月二十三日のＮＨＫの朝のニュースでは、計画停電が行なわれるとウナギの養殖に被害がでる、人工呼吸器が停止する、道路の信号機が消えて大渋滞や事故が起こる、などなど脅迫まがいのニュースを流していました。東京電力は、五月十四日、ＮＨＫの数土文夫経営委員長を在籍のまま東電の社外取締役に内定したと発表しました。ＮＨＫの中立性は、ますます怪しくなってきました。

電気は足りている

日本の電力の三〇％は原子力ですが、発電設備全体の量では一八％です。では、なぜ原発の発電量が三〇％になっているのかというと、原発の「設備利用率」を上げるために火力発電所を休止させているからです。

　関西電力の大飯原発3・4号機の再稼働は、本当に必要だったのでしょうか。

　関西電力管内で八月に一四・九％の電力不足になると政府の需給検証委員会は結論を出しましたが、関電は一年前から電力不足を予測できたはずなのに、その対策と努力をまったくしてきませんでした。なぜでしょうか。経営のために原発を稼働させ、電力不足の口実が必要だったのです。

　企業の自家発電量は年々増えていますし、関電が努力して企業と供給契約をさらに増やし、四国・中部電力から電力を融通してもらって節電に最大限の努力をした上で再稼働は論議されるべきであったのに、関西電力にはその努力も誠意もまったく感じられません。

環境エネルギー政策研究所の試算によれば、昨年（二〇一一年）と同程度の節電をして最大電力を昨年の夏程度におさえ、発電設備を再点検して供給力を見直せば、今年の夏大飯原発が稼働しなくても、電力ピーク時に全国で一六％以上、東日本三社で二四％以上、関西電力を含む中西日本六社で一一％の電力需給の余裕を確保することができるのです。

電力は、足りているのです。それなのになぜ電力会社や、財界、政府は原発再稼働を強行したのでしょうか。原発に過剰に依存してきた関西電力は、再稼働しないと巨額の赤字を日一日と生み出すことになり、東電と同様、事実上の倒産に陥ってしまうからです。原発再稼働問題は電力不足の問題ではなく、電力会社の経営問題なのです。

「どじょうの責任」で大飯原発3・4号機の再稼働が最終決定しましたが、十六日、野田首相は記者会見も行なわず、国民に自ら直接説明もしませんでした。四国の伊方、北海道の泊原発も再稼働に向けた検討が始まっています。

子や孫が安心して生きられる世界を創るために、核の廃絶に努めようではありませんか。

（第5号）２０１２年8月1日

2　人は誤りを犯し機械は必ず事故を起す

核兵器と双生児である原子力発電所が、極めて重大な事故を起す可能性のある施設であることは当初から危惧されていました。果せるかな一九七九年にスリーマイル島、一九八六年にチェルノブイリで全世界を核汚染に晒した大事故が起こりました。

二〇一一年に事故を起した福島第一原発で使用されていたゼネラル・エレクトリック社のマークⅠ型の原子炉は、三十数年も前から危険性が指摘されていて警鐘が鳴らされていました。それにもかかわらず、空前の大事故が起こってしまいました。どうして事故を未然に防ぐことができなかったのでしょうか。

日本全土が無責任時代

健保組合の積み立てた年金が消えて無くなっても監査なし、バス会社は名義貸しをして運転手は一日六〇〇キロ走って事故を起す、有害ガスが発生するトンネルにガス測定器を持たせず入らせて爆発を起す。我が国の安全管理は一体どうなっているのか。責任を持つべき内閣と官僚は党利党略と保身に汲汲としていて国民のことなど一向に眼中にありません。

二〇一一年三月十四日、1号機に次いで3号機が爆発した翌日、東電の清水正孝社長は「職員の全員撤退」を政府に通告して原発の管理を放り出そうとしました。菅直人首相（＝当時）に押し止められましたが、一年が経ってしまうと東電の勝俣会長と武藤副社長（当時）は、そのようなことは言っていないと開き直っています。もし東電職員が全員撤退していたら事故は止めどもなく拡大して首都圏まで避難という事態になっていたかもしれません。想像すると鳥肌が立ちます。

福島第一原発の事故では、放射性物質の多くが幸か不幸か海に向かいました。海では陸上と違ってどれだけの量が海上に降下したのかを測定することができません。東電では「チェルノブイリより被害は少ない」と発表していますが、東電の言い分は全く信用できません。漏れ出た放射性物質は、学者によってはチェルノブイリの五倍から一〇倍と言っていますが、少なめに見ても二倍から五倍といった数字が妥当のようです。

ところが原子力安全委員会と原子力安全保安院は、チェルノブイリの一〇％程度だと言っています。安全神話で全国民を欺いていたことを認めないばかりか、この期に及んでも国民に真実を知らせようとはしていないのです。

チェルノブイリでは、ロシア政府が記録を抹消することに努めましたから正確な調査や被害がわかっていません。スリーマイル島事故でも一〇年間は健康調査が行なわれず、その後行なわれた健康調査も、レーガン大統領に任命された判事には、被害の最大推定値が統計学的に有意な水準を一％でも超えていたならばこの調査は無効であると事前に忠告されていたという、初めに結果ありの調査にもならない調査でした。

スリーマイルでは、調査は不完全ではあっても住民のがん発生率は増加していたのですが、公式に発表された放射性物質の放出量と合致しない、という理由で因果関係なしということになってしまいました。

福島の事故においては、東電も政府も正確なデーターを包み隠さず公表して健康調査をきちんと行なうことが義務であり責任です。なぜなら今回の事故での放射性物質の放出量は、スリーマイルの一〇〇倍とも一〇〇〇倍とも言われているからです。日本は、福島を含む国内はもとより全世界を汚染した加害国なのです。

危険な内部被曝

「二〇一一年三～五月に使用された車のエアーフィルターをレントゲンフィルムで捉えた写真が三枚あります。フィルターをレントゲンフィルムに載せてから現像したものです。シアトルでは一分間で一一七μR（1μR＝0.93cpm）東京は一八・九、福島市は一九九。違いは一目瞭然です。福島県から送られてきた車のフィルターをマサチューセッツ州の研究所で測定すると、放射性物質として破棄しなければならない水準まで汚染されていました。整備士たちの健康が懸念されます。また、車が燃焼のために取り込む空気は平均で人間の呼吸と同量ですから、住民への悪影響は免れないでしょう。」と『福島第一原発——真相と展望』（集英社）の中でアーニー・ガンダーセンは書いています。

このように原発周辺の住民は大量の放射性物質を体内に取り込まされていたのです。

放射線の人体への影響には、放射線を体の外から浴びる外部被曝と放射性物質を呼吸によって吸い込んだり、飲食物からと取り込んで体の内部から被曝する内部被曝があります。また、広島や長崎の原爆や第五福竜丸の被害のように一度に大量の放射線を浴びることによって起こる急性障害と、黒い雨や今回の原発事故のように急性障害を起さない程度の被曝によって後にがんや白血病などの健康障害が現れる晩発性障害とに分けられます。

3　放射線は長期にわたり人体を害する

（第6号）２０１２年９月１日

福島第一原子力発電所の事故から一年半が経過して、新聞でもテレビでも事故は終息したかのように、事故そのものが現在どのような状態なのか、メルトダウンした核燃料はどうなっているのか、破壊された圧力容器はどのような状態なのか、高濃度の汚染水がどうなっているのかなどほとんど報道されていません。除染も賠償も全く進んでいません。

世界中に拡がった放射性物質

爆発当時、陸から海に向った風に乗って運ばれた放射性物質を一六〇キロ沖合でデッキに出ていた米航空母艦の乗組員は一カ月分の上限とされている被曝量を一時間で浴びました。三月十五日には風向が変わったために山沿いに放射性物質は流れて東京大学の構内では午後三時から一八時間で九・三マイクロシーベルトの内部被曝に相当するセシウムが浮遊していたと研究者は発表しています。

文部科学省の資料によりますと二〇一一年秋の測定でセシウムの沈着は静岡県を跳び越えて四五〇キロの福井県にまで及んでいます。一一〇〇キロ離れた佐賀県の松の葉からセシウムが検出されました。福島の事故後マサチューセッツ州では二時間後から放射能の測定を行なっていましたが、四月の土壌サンプルから放射性物質の降下が認められシアトルやボストンでも福島事故に起因する放射能が検出されています。

チェルノブイリの事故をソ連政府は隠しおおせると思っていたのですが、一〇〇〇キロ離れたスウェーデンのフォルスマルク原発でチェルノブイリから出た放射能が検出され、それから西側が騒ぎ出したのです。チェルノブイリでは三〇〇キロ以上離れた場所でも高濃度の汚染が見つかり二〇〇数万人の人々が強制移住させられました。廃墟になった村々は一〇〇〇に達すると言われています。チェルノブイリの事故の一週間後には、日本にも放射能物質が飛んできていました。

世界のどこで原発事故が起きても世界のどこで核兵器が使われても地球全体が汚染されるのです。現世の欲をできるだけ抑えて、現代文明のあり方を考え直して後世に生きる人類のために今、私たちの人生を擲つことが実は自分を生かす本当の道ではないでしょうか。

子どもたちの甲状腺が危ない

今回の事故で放出された放射性物質のうち内部被曝の原因となるものには代表的なものとしてヨウ素、セシウム、ストロンチウム、プルトニウムがあります。

「ヨウ素１３１」は体内に取り込まれると「甲状腺」に蓄積されてそこで放射線を出してガンをひき起します。甲状腺ホルモンをつくるのに必要なヨウ素は成長期にある幼少児にとってはとても大事な元素ですから、子どもたちの甲状腺は放射性物質とは知らずにヨウ素１３１を甲状腺に集めてしまいます。半減期がわずか八日の放射性ヨウ素がなぜ長期間にわたって危険かというと、ヨウ素の放射能は八日毎に半分に減りますから二カ月で二五〇分の一に減りますが、その二カ月間に被曝した甲状腺の受けた障害からがん細胞が発生して、ゆっくり増殖していくからです。

ベラルーシ、ミンクス臨床悪性腫瘍病院の調査では、チェルノブイリでは事故後五年後から一四歳以下の子どもの甲状腺がんが増えはじめ、一〇年でピークに達しました。そこから徐々にがんの発生率は減ってきます。ところが一五～一八歳の年長児においては同じように五年目から少しずつ増えはじめ一七～一八年目から急に増えて、二二～二五年でピークに達して、以後急速に発生率は減りますが、これは減少したのではなくて、事故後二〇年以後は、成人の発がん者が増加してがんの発生が成人に移行したということです。このように放射線障害は、長期間にわたって私たちを脅かし続けます。

がんだけでなく、心臓病も

今回放出された一〇〇を超える放射性物質のうち特に有害なものを二つあげるとすると、ストロンチウムとセシウムです。

セシウムはカリウムと化学的に似ていますからがんをひき起すだけでなく、筋肉に障害を起す可能性が高く、筋肉の塊である心臓に障害が現われます。チェルノブイリハートという症状がチェルノブイリの子どもたちに見られました。セシウムの半減期は三〇年と長く、一〇〇〇分の一に減るまでに約三八年かかります。土壌に長く留って「外部被曝」の原因になるだけでなく、根から栄養を吸収した植物とそれを食べた動物が汚染されて「生物濃縮」が起こります。福島では大量の汚染水が海に放出され、現在でもたれ流されていますから魚貝類など海産物に長期にわたって大きな影響が現れます。

東京では一平方メートル当り一万ベクレルという信じられないような高濃度のセシウムが検出されていたのです。では東京都民がどれほどのリスクを覚悟しなければならないのでしょうか。危険率は個々人によって異なりますが、長期間観察すれば統計学的にはがんや心臓病が増加することは、容易に予測されます。

4　未だに危険は去っていない

（第9号）２０１２年12月１日

福島第一原発の事故から三年目であるにも関わらず、政府は今、大飯原発の再稼働を容認し、企業は原発輸出に血道を上げています。政府が掲げた原発ゼロの目標も米国の圧力で消し飛んでしまいました。日本国内では原発事故はあたかもとうに終息してしまったかのごとく、新聞やテレビの報道はめっきり少なくなっています。果して危険は去ったのでしょうか。

二〇一二年八月三十一日、福島原発4号機問題について議員会館内で集会が開かれました。外交官時代から脱原発の志を貫いてきた元駐スイス大使の村田光平氏が発言をしています。以下はその要旨です。

「福島4号機は先の地震によって傷んでおり、不等沈下により震度6の地震には耐えられないだろうといわれています。福島原発全体では、核燃料棒一四二二五本が辛うじて冷却されています。最も危険な4号機のプールには、使用済核燃料棒一五三五本あって4号機が崩壊すれば冷やす術はなくなり、燃料棒が溶けメルトダウンが起き膨大な放射性物質が撒き散らされるという、いまだ人類が経験したことのない悲劇が起ります。」

4号機についてフランスの『ル・ヌーヴェル・オプセルヴァトゥール』誌は次のような記事を掲載しています（二〇一二年八月二十三日付）。「最悪の事態はこれから起きる」、もし起れば「北半球全体が長期にわたって深刻な汚染にさらされ、現代日本は滅亡する」。

しかも「4号機の建屋の下の、南側三分の一位の所に活断層があり、燃料棒プールはその上にある」のです。

全米で原子炉の設計、建設、運用、廃炉に携わってきたガンダーセン氏はその著書『福島第一原発——真相と展望』（集英社新書）の末尾に早くから「日本政府、東電、国際原子力機関（IAEA）の宣伝とは裏腹に事故は収束からほど遠い状況です。今なお不安定な現場で続いている懸命な作業がなければ、4号機の使用済核燃料プールでの火災や連鎖事故で全く制御が利かなくなる恐れがありました。」と4号機の危険性を指摘していました。「将来の世代を救うために、市民が歴史の主導権を握るチャンスなのです」とも訴えています。

危険な内部被曝

今年の夏沖縄へ三人の孫に会いに行ったときに読んだ八月十三日の琉球新報に「福島のチョウ遺伝異常」の見出しで琉大の研究チームが原発の放射線の影響で「ヤマトシジミ」に遺伝的な異常が出たことを英国の科学雑誌に発表したことが報じられていました。このように放射線は遺伝子に有害でDNAを損傷して突然変異率を上げます。その結果がんだけでなくさまざまな病気を惹き起します。さらに奇形発生率や繁殖率に影響を与えます。劣化ウラン弾が大量に使用されたイラクでは片目しかない子や手足のない子どもが増えています。ウランが小児白血病を増加させることはすでに証明されています。

内部被曝とは、放射性物質を呼吸や飲食物の摂取によってからだの内部から被曝することを言います。福島の事故で放出された汚染物質は放射性ヨウ素、セシウム、ストロンチウム、コバルト、ウラン、プルトニウムなどがあります。

これらの核種は、原発周囲はもちろん、海を越えたシアトルやボストンでも降下したことが確認されています。国民は日本全土に撒き散らされ空気中を浮遊した埃を吸い込み、水や食物を口にすることで放射性物質の内部被曝を今も受け続けているのです。

がんやその他の病気が増加する

事故直後に東京で検出されたセシウムは、一平方メートル当り一万ベクレルという信じられないほどの高い値でした。長期間の観察を続ければがんや心臓病が増加することは当然のことながら予測されます。

福島原発事故のストロンチウムの放出量は、セシウムのおよそ十分の一といわれています。ストロンチウムはカルシウムと似ているため歯や骨に取り込まれます。骨髄では白血球がつくられていますから将来、骨や血液の悪性腫瘍を惹き起こす危険があります。

クリス・バズビー『封印された「放射能」の恐怖』（飯塚真紀子訳、講談社）には「原発から一〇〇キロ圏内に住む約三〇〇万人が一年間、避難せず住み続けた場合、五〇年間で通常より（原発事故が起きなかった場合より）約二〇万人多くの人が癌になると予測されます。うち、一〇万人は一〇年以内に癌と診断されます」と書かれています。

ところが、政府主導の下に行なわれた「福島県民健康管理調査」では内部被曝量が考慮されておらず全くずさんなもので科学的説明が不十分で信用できません。しかし、結論だけは明確です。

・線量は低いのでがんも白血病も心筋梗塞などの他の病気や先天性の病気も起きない。

・故に、福島で被曝した人たちにこれらの病気が増加するかどうか調査をする必要がない。

と、犯罪的無責任ぶりを露呈しています。全ての原発を廃炉にして原子力発電という技術に終止符を打たなければ人類は救われません。

5　亡国への案内人——原子力村の官僚・自民党・御用学者

（第18号）２０１3年9月

二〇一三年三月三日の東京新聞にドナルド・キーン氏は「東京で暮らしていると人々の被災者への思いが『少しずつ風化しているのでは』と感じることがある。多くの被災者は今、どうしているのだろうか」と書いていました。

原発被災者への補償も賠償もなされず、生活再建も前途多難です。全国に飛散した放射性物質の除染も全く御座なりです。

除染も賠償もしない東電

二〇一一年八月、福島第一原発から四五キロ離れた名門ゴルフ場が、コース内の放射能汚染がひどくて営業停止に追いこまれました。ゴルフ場側は、除染を求めて東京電力を訴えました。

ところが、この裁判で東電側の弁護士は驚くような主張を展開しました。「福島原発の敷地から外に出た放射性物質は、すべて東電の所有物ではない『無主物』である。したがって東京電力にゴルフ場の除染の義務はない」。さすがに東京地裁は「所有物ではないから除染の義務はない」という主張は採用しませんでしたが「除染方法や廃棄物処理のあり方が確立していない」からという理由にもならない理由で、東京電力に放射性物質の除去を命ずることはできない、との判決を下したのです。

日本には、国土の汚染を防止するために立派な法律があります。

「大気汚染防止法 第二七条1項」

この法律の規定は、放射性物質による大気汚染およびその防止については、適用しない。

「土壌汚染対策法 第二条1項」

この法律において「特定有害物とは、鉛、ヒ素、トリクロロエチレンその他の物質（放射性物質を除く）であって（略）」

「水質汚濁防止法 第二三条1項」

この法律の規定は、放射性物質による水質の汚染およびその防止については適用しない。

このように立派な法律があっても、放射性物質は適用外となっています。では、放射性物質による各種汚染についてはどこで定められているのでしょうか。環境基本法（第一三条）には、原子力基本法その他の法律で定めると書かれています。ところが、原子力基本法その他の法律で何が定められているかというと、何も定められていないのです。

したがって、裁判所も環境省も東電も、放射性物質の放出には違法性はないというのは当り前のことです。どれほどゴルフ場や家や畑や海や空気を放射性物質で汚して健康被害を出したとしても、法律上には定められていないのですから、除染も賠償もする義務はないということになります。政府も東電も自分たちに都合のよい適当な被災基準を作り上げ、これにも適当な法律を作って賠償する振りをしているだけで、責任を取り謝る気など毛頭ないのです。

論より証拠、賠償も除染も遅々として進まないどころか、大企業を肥らせているだけではないですか。復興予算の流用は、目に余るものがあります。

国民を欺き続けた自民党

一九四二年、大量殺人兵器原子爆弾を製造する目的でプルトニウムを作り出すために、人類初の原子炉の運転を開始しました。

それから七〇年の間に、次のような重大事故が起こりました。

一九五七年　英国ウインズケールプルトニウム生産炉で七四〇テラベクトルのヨウ素１３１が大気中に放出

一九七九年　米国スリーマイル島原子力発電所事故

一九八六年　ソビエト（現ウクライナ）チェルノブイリ原子力発電所で人類史上最悪の事故を経験これで、英国、ロシア、米が製造したすべての原発が重大事故を起したことになります。

にもかかわらず、日本の原子力マネーに群がった原子力村の官僚、自民党周辺の政治家、御用学者、財界、マスコミは、日本の技術水準は最高であり、絶対安全であると「安全神話」を唱え続け、日本国民を欺き続けてきたのです。

ところが福島第一原子力発電所を建設した東京電力の幹部はもちろん、下請会社の日立も東芝も米国GE社のいうなりに設置をしただけで、「事故は起らない」を建て前にしていましたから、重大事故に対する対策もとらず、地震や津波にどれほど脆弱かを知ろうとしなかったし事故への備えもろくにしませんでした。このような状況下でチェルノブイリの事故以降、地震列島の上に、二五基もの原発を造り続けています。

火力発電所は石炭やガスで湯を沸して蒸気を発生させ、それによってタービンをまわして発電しています。原子力発電所は、原子炉の中で核分裂の連鎖反応を起させてその熱で湯を沸して発電する蒸気機関です。

原子炉の中には、常に大量の核分裂生成物が存在しています。核分裂が起れば、原子爆弾に匹敵する巨大エネルギーによって膨大な熱が発生します。これは核分裂の連鎖反応が止っても、すでに蓄積された核分裂生成物が発熱し続けるために永遠に冷し続けなければなりません。冷し続けなければ炉は溶けてしまいます。

大地震と大津波によって停電したために、福島第一原発の一号機、二号機、三号機ともに冷却できなくなり、炉心が溶け落ちるメルトダウンが起ったのです。

原発事故は終っていない

現在でもメルトダウンした炉心がどこにあるかわかっていません。炉心だけでなく、一号機から四号機の使用済核燃料も冷し続けなければなりません。したがって絶え間なく水を注入して破壊された炉心を冷し続けているのです。その汚染水は発電所敷地内に満杯状態どころか、一日四百トンもの汚染水が海に漏れ出ていますが、いずれは恥も外聞もなく海に放出せざるを得なくなるでしょう。

以前にも書きましたが、三月十一日の事故当時には四号機は定期点検中で炉心にあった核燃料はすべて使用済の燃料プールに移されていました。その四号機にも爆発が起って周囲の壁はすっ飛んで、現在も崩壊の危機は去っていません。

福島第一原発事故では、大量の希ガス、ヨウ素、セシウムなどが大気中に放出されました。少なめに発表した政府の公式発表でもセシウム１３７の量は、一万六千テラベクトルで、これは広島原爆一六八発分に相当します。これと同じ程度の量の放射性物質が海にも放出され、現に今も放出され続けています。

被害者の生活再建もまだですし、全国に拡散した放射性物質の除染の問題も打っちゃらかしです。最も重要なことは、事故原因が解明されていないことです。最大の責任者は、企業と原発を推進し、許可してきた自民党と官僚と御用学者たちです。彼らは今、再稼働を狙い、外国に原発の輸出を企んでいるのです。

6　私たちは被害者でもあり加害者でもある

（第19号）２０１３年10月

脱原発、行って納得、見て確信、原発ゼロ―小泉純一郎元首相の談話

八月、一九六五年の東亜燃料石油工場増設反対の運動の中で親しくなった元朝日新聞記者の秋山紀勝さんを甲府に訪ねました。彼は、これぞ本物の新聞記者だ、と言えるようなジャーナリストでした。甲府周辺を案内してもらいながら夕刻まで語り合って帰宅しました。

話の中で秋山さんが、（二〇一三年）八月二十六日の毎日新聞に、小泉元首相の原発についての面白い記事が載っていると教えてくれたので早速、図書館で読んでみました。

小泉元首相は、イラク戦争をいち早く支持し、自衛隊の海外派兵を容認し、規制緩和によって大店法を施行し、全国の駅前をシャッター通りにするなど、当時も今も危険な政治家です。

その小泉元首相が、原発関連の企業の幹部と脱原発のドイツと原発推進のフィンランドを視察しての記事でした。企業幹部の一人が「あなたは影響力がある。考えを変えて我々の味方になってくれませんか」という問いに小泉は「今現役に戻って、態度未定の国会議員を説得するとしてね、〈原発必要〉という線でまとめる自信はない。今回いろいろ見て、〈原発ゼロ〉という方向なら説得できると思ったな。ますますその自信が深まったよ」と言ったことが書いてあります。

フィンランドでは核廃棄物最終処分場「オンカロ」を建設中で、二〇二〇年からその一部の利用が開始されます。原発の使用済核燃料を「オンカロ」の地中深く、十万年間保管して無害化するというものです。帰国後の小泉は、視察旅行の感想で「十万年だよ。三百年後に見直すっていうんだけど、みんな死んでるよ。日本の場合そもそも捨て場所がない。原発ゼロしかないよ」と発言しています。百年後には現在生きている人間のほとんどは生きていません。十万年後までの超危険物の責任は一体誰が取るというのでしょう。もう一度日本で、韓国で、中国ででも事故が起ったら、地球には住めなくなります。

七割の国民が原発再稼働に反対して、脱原発を望んでいます。自民党の議員の中にも本心では脱原発を望んでいる者もいるはずです。

反省の色全くなし、安倍内閣

福島第一原発の事故は「重大事故」の「レベル７」でしたが、事故は終息どころか進行中ですからチェルノブイリ事故より規模は、大きくなる可能性があります。現在の事故の泥沼化の原因は、政府と東電の事故の過小評価です。

現在の汚染水の膨大な海への流出は、新たな事故ともいえるものです。汚染水にはセシウムだけでなく、ストロンチウムが含まれています。内部被曝については、ストロンチウムはセシウムより五～十倍危険度の高い放射性物質です。当然、日本近海の魚だけでなく、世界中の魚に影響がおよぶでしょう。

安倍首相がいう「安全」とは程遠い「危険」な状態です。福島第一原発の事故で、静岡のお茶からも佐賀の松葉からもセシウムが検出されました。日本中どこにいても放射能の影響を受けない所はないのです。関西にも沖縄にもアメリカにもヨーロッパにも届いているのです。

東北大学の瀬木三雄名誉教授は、いかに低レベルであろうと被曝すれば、がんの発症率は上昇するという研究結果を発表しています。すなわち、どんなに微量であっても被曝は危険であり、これ以下なら安心という「安全な被曝」など存在しないのです。福島周辺の人々はいうまでもなく、日本人全てが、原発事故によって、きわめて長期にわたる健康被害リスクを背負いこんでしまったのです。

放射線は、洗っても流しても煮ても焼いても無害化しません。このように恐ろしい放射線まみれに日本全土をしてしまったのは一体誰でしょう。利潤に目の眩んだ大企業です。利権に群がった自民党と官僚たちです。それを支えた御用学者たちです。安全宣伝を担当したマスコミも許せません。しかし原発政策に強く反対せず、自民党政権を長く支持してきた私たち自身が、次世代の人類に対する加害者であることも忘れてはなりません。

九月九日、検察当局は政府が人災と認めた福島原発事故で東電・官僚・御用学者・閣僚ら四二人全員を不起訴にしました。事故の実態も解明されず、これだけの被害を出しながら責任をとる者なし。電力会社も安倍政権も再稼働に力を入れ反省の色まったくなし。それだけでなく安倍内閣は、原発輸出のセールスマンもしているのです。このようなことを許していいのでしょうか。

二、戦争のない世界へ——反戦平和の思想を守り伝える

（第5号）２０１２年8月1日

1　私の戦争体験

六七回目の終戦記念日がめぐってきます。思えば戦争も遠くなりました。一九二一年から一九四五年までの十五年戦争の最中一九三五年に生まれた私は、一九四一（昭和十六）年四月に神師村立国民学校に入学しました。その年の十二月八日に大東亜戦争が始まって終戦の時は一〇歳でした。

父は、私が生まれてからの一〇年間に三回も召集され終戦まで父と過した記憶がほとんどありません。私は国民学校二年生の時、肺浸潤と診断され一年間絶対安静と言われて一年休学しました。

昭和十七年までは、国道の電車道に国防婦人会の小母さんたちと並んで出征兵士を送り出しましたが、十八年になると「海ゆかば」を歌って英霊を迎えることが多くなりました。母方の二人の叔父も、小さい頃遊んでもらった隣りのヒロちゃんも、その隣りの海苔屋の小父さんも戦死しました。

戦争は次第に激しさを増し、清水にも空襲が始まり、私が三年生になった昭和十九年、父が出征中

でいなかったこともあって母の実家に疎開することになりました。空家になった我が家は、軍需工場の社宅として接収され、母屋は社長宅に、診療所と病室は工員の宿舎になっていました。この間に病室だけが空襲で焼けました。

戦中戦後の食糧不足のこともよく覚えています。学校の運動場は芋畑になって、運動会は袖師の浜でやりました。サツマ芋のツルの混じった御飯も食べました。

戦後の記憶の中で最も鮮明に残っていることの一つは、古い教科書に墨を塗って使ったことと、新しい教科書がとても薄っぺらで新聞紙を切って綴じたような粗末なものだったことです。

このように私の戦争体験は、家を焼かれ家族が犠牲になったり東京大空襲や原爆による被災や被爆のような強烈なものではありませんが、戦争はどうして起こるのだろうか、戦争をなくすためには何をしなければならないのか、という疑問を持つようになったと思っています。戦前からの大人社会に対する漠然とした不信感も育まれたのでしょう。それが全ての権威、権力に抵抗する思想を培う基になっていたと考えています。

戦争をわずかに知っている最後の世代として戦争の本質を考え直して、反戦平和の思想を深め次の世代に伝えていく責任が私たちにはあります。

2　時代をふり返る――戦争の時代

（第23号）２０１４年2月1日

歴史認識が問われている今、自分が生きてきた時代がどんな時代であったか、駆け足でたどってみます。

（1）十五年侵略戦争の時代へ

私が生まれる四年前の一九三一年末、若槻内閣が総辞職して、幣原外務大臣も去り政党内閣が終って、軍人内閣の時代に入りました。この年、東北・北海道は冷害と凶作で娘の身売りが急増していました。九月十八日、奉天郊外の柳条湖で日本軍が南満州鉄道を爆破、これを中国軍の仕業として総攻撃を命令して「満州事変」が起こります。この「満州事変」から中国への軍事侵略が始まり、十年目の一九四一（昭和十六）年に米・英・仏などの連合国を相手にした「大東亜戦争」が始まり、一九四五年に敗戦。十五年間の戦争でしたので、「十五年戦争」と呼ばれています。私が一〇歳になるまでの間は、この「十五年戦争」の最中でした。

満州事変の翌年の一九三二年、日本は「満州国」を「建国」しました。ところが国際連盟は「満州国は承認しない」と日本に通告してきました。そして満州にリットン調査団を派遣して実地調査の後、柳条湖事件は、日本軍が仕掛けたことを明らかにしたのです。国際連盟の中で孤立した日本政府は、国際連盟を脱退してしまいました。

一九三三年には、ヒトラーが独の首相に就任しています。国内では小林多喜二が拷問によって殺され、京都大学で滝川事件〔滝川幸辰京都大学教授の刑法学説が反国家的だと攻撃され、滝川氏が休職処分をうけた事件〕が起こり、学問に対する弾圧が強化されてきています。滝川事件をモデルにして黒澤明監督が戦後の映画第一作として「わが青春に悔なし」を撮っています。

一九三四年三月一日、日本政府は清朝最後の皇帝・溥儀《ふぎ》をかつぎ出して「皇帝」として「満州帝国」をたち上げましたが、実権は日本の軍部が握っていました。溥儀の生涯は「ラスト・エンペラー」（ベルナルド・ベルトルッチ監督、一九八七年製作）という映画にもなっています。

一九三四（昭和九）年、乾医院が開院し、翌年、私が生まれています。

父は、日中戦争にも召集され、大東亜戦争でも二度も応召され軍医として中国・南方に行かされました。召集解除になるとまた召集という具合で「足掛け十年」とよく母が言っていましたから、私は幼年時代に父と過ごした記憶がほとんどありません。よく戦死しないで帰ってこれたものだと思っています。

近所のS先生は、日中戦争で戦死しましたし、母方の若い軍医だった叔父と大学卒業して間もなかった叔父の二人が戦死しています。疎開していた母の実家に戦死の公報が届いた日、気丈な祖母が仏壇の前でお経を読みながら泣いていたのをよく覚えています。

ファシズムへの道

一九三六年二月二十六日、いわゆる「二・二六事件」が起こりました。陸軍の青年将校たちが主導したクーデターで、高橋是清蔵相と斉藤実内大臣が暗殺されました。当時、陸軍内部には軍組織を中心に行動しようと考える「統制派」と、世界恐慌によって打撃を受け、疲弊した農村の窮状を救うために天皇の支持を得て職業政治家を除いて軍事的直接行動によって国家の改造をしようとする「皇道派」が主導権争いをしていました。「二・二六事件」は皇道派の起こしたものでした。

青年将校の一人の安藤大尉の次男の安藤君が私の高校時代の同級生で、母親同士が県立高女で同級だったこともあって「二・二六事件」には特に関心がありました。七月には死刑が執行されていますから、安藤君は父親の顔を知りません。

高橋是清は、平和財政を支えようとしていた人ですが、このような人たちが次々と殺されていなくなります。三月に広田弘毅内閣に代わります。それから日本はファシズムの道を転落していくことになりました。それは第一に、「政治が悪いから事件が起きた。政治を革新せよ」という軍部の要求を受け入れ組閣し、現役の軍人でなければ陸軍大臣、海軍大臣になれないという制度を二〇年ぶりに復活させました。これは内閣をつくるのも、潰すのも軍の思うままにできるという制度でした。

第二に「日独防共協定」を締結しました。これによってヒトラーのナチス・ドイツと手を結んだ日本は、第二次世界大戦への道を驀進することになります。第三に陸軍統制派、エリート幕僚グループが海軍軍令部と相談して、今後の国策の基準を決めることを許しました。

さらに、「不穏文書取締法」を制定して、全ての言論が速やかに弾圧されることになりました。二〇一三年末に安倍内閣が成立させた「特定秘密保護法」のような法律を手始めに、歴史的にみると次のような法律が次々と成立していきます。

一八八九年　大日本帝国憲法（法律の範囲で言論の自由保障）
　九三年　出版法（書籍・ビラ対象）
一九〇〇年　治安警察法
　〇九年　新聞紙法
　二五年　治安維持法（天皇制と資本主義を否定する結社処罰）
　三七年　軍機保護法改定（適用範囲が拡大され罰則強化）
　三九年　軍用資源秘密保護法（天気予報すら規制対象になる）
　四一年　国防保安法（政治的機密を保護する目的）
　　　　　改定治安維持法（取締りの範囲がさらに拡大し当局が結社の「準備行為」と見なすだけで検挙が可能になる）

（第24号）２０１４年3月1日

（2）拡大する侵略戦争

日中戦争の始まり

一九二五年制定の治安維持法によって、終戦までの二〇年間に約七万五千七百人が送検され、約五千七百人が起訴されました。逮捕者は十数万人に上り、虐待や病死で千六百人以上の人が獄死しています。

こうしてみると二〇一三年に成立した特定秘密保護法は、官僚が細則によって秘密保護の範囲を拡大強化することが十分に可能な、危険極まりない法律なのです。

一九三七（昭和十二）年四月二十六日にはドイツがスペイン内戦に介入して、共和国軍が支配していたバスク地方の小さな町ゲルニカを無差別爆撃して二五〇〇人以上の死傷者を出しました。ピカソは怒りを込めて有名な「ゲルニカ」を描いています。

この年は日本にとっても大きな転換の年でした。「二・二六事件」が起きる前年の昭和十一年二月十四日の日記に、永井荷風は「日本現代の禍根は政党の腐敗と軍人の過激思想と国民の自覚なき事の三事なり。政党の腐敗も軍人の暴行も、これを要するに一般国民の自覚に乏《とぼ》しきに起因《きいん》するなり。個人の覚醒せざるがために起ることなり。然《しか》り而《しこう》して個人の覚醒は将来に於《お》いてもこれは到底望むべからざる事なるべし」と書いています。

この期に及んで原発再稼働を目論んで輸出に精を出し、ナショナリズムを煽って憲法をねじ曲げて軍備を着々と増強している。その上、九条の圧殺を狙いながら、大企業に忠実に奉仕する安倍政権を支えて認めているのは、自覚に乏しく目覚めようともしない私たち日本国民です。

一九三七（昭和十二）年六月四日、天皇の側近中の側近である近衛文麿が首相に就任します。その直後の七月七日北京郊外の盧溝橋で「日本の支那駐屯軍の一中隊が夜間攻撃の訓練を行っていた。十時三十分過ぎ、いったん演習をしようとしていたが、兵士が錯覚したものか、機関銃の空砲を発射した。その直後、演習地の南側から、数発の実弾射撃を受けた。清水節郎中隊長は直ちに部下を集合させ、点呼をすると、初年兵一名が行方不明であった。不明兵は三十分後に発見されたが、報告を受けた牟田口廉也連隊長は、翌七月八日午前四時二三分、中国軍に対する攻撃を命令した。これが、その後一九四五年八月まで続く、中国との全面戦争の発端となった」(『写真記録日本の侵略:中国/朝鮮』ほるぷ出版)。

悲惨を極めた南京大虐殺

盧溝橋事件は、その頃頻発していた日中両軍の小さな衝突に過ぎませんでした。八月十一日には中国側は盧溝橋から撤兵、責任者を処分するなど大幅に譲歩して停戦協定が結ばれていたのです。

ところが同じ八月十一日、日本の近衛内閣は「重大決意」を表明して「満州」と日本国内から新たな軍隊を派遣しました。以後戦いは華北一帯に拡げられていきました。

十一月七日、日独協定にイタリアのムッソリーニ・ファシズム政権を加えて「日独伊防共協定」が結ばれました。

十一月八日、宮城(皇居)内に大本営を設置して、これ以後の軍事行動のすべては天皇の直接指揮の下で行なわれたのです。

ところで、NHKの最高意思決定機関である経営委員会の百田尚樹委員(当時。在任二〇一三年十一月~二〇一五年二月)は、二〇一四年二月三日、東京都知事選で元航空幕僚長の田母神俊雄候補の応援演説を行ない、その中で「一九三八年に蔣介石が日本が南京大虐殺をしたとやたら宣伝したが、世界の国は無視した。なぜか。そんなことはなかったからです。どこの国でも残虐行為はあった」など明言しています。南京大虐殺はあったのでしょうか、なかったのでしょうか。

上海から退却する中国軍を追って日本軍は、首都南京を十二月十三日に占領しました。この進撃の過程でも、南京占領中にも日本軍は中国兵のみならず膨大な数の一般市民に対して殺害、暴行を犯し、放火、略奪を行なったのです。正確な数はわかりませんが「殺された者は三十万人を下らず、焼かれたり、壊されたりした家屋は全市の三分の一に達した」（中国小中課教科書）とも言われています。

イギリスのマンチェスター・ガーディアンの中国特派員ティンバーリイは著書『外国人の見た日本軍の暴行――実録・南京大虐殺』（評伝社、一九八二年）に次のように書いています。


「十二月十七日　金曜日。掠奪、虐殺、強姦は相変わらず行われ、増しこそすれ減る様子もない。昨日、白昼および夜間強姦された婦女は少なくとも千人に上った。一人の可憐な娘は三七回も強姦された由だ。また日本兵は強姦に当って生れて五ヶ月の赤ん坊が泣き騒いだというのでそれを締め殺したという。……

十二月十八日　土曜日。

……午後四百～五百名の恐怖におののく婦女が私達の事務所にやってきて保護を求め、庭先で夜を明かした。

……

十二月二三日　木曜日　……

お昼、事務所に頭部が焼き爛《ただ》れ、眼も耳も切り取られ、鼻さえも分なくなった見るも悲惨な姿の男がやってきた。病院に入ると間もなく死んだ。事情はこうであった。日本軍は数百人を一団として縛り上げ、石油をぶっかけて焼いたのである。彼もその中の一人であった。ただ彼の縄が少しはずれたので石油は頭部にかすかにかかっただけで済んだのだった。間もなく同様の負傷者が来た。前よりもさらに酷かった。もちろん彼も死んだ。日本軍は機関銃掃射では中には死なぬものもいるのでこのような方法を選んだのだろう。

十二月二十四日　金曜日。……　今日日本兵は農村師資訓練学校の米国旗を降ろし、また昨夜から二日にわたって七人の日本兵は聖経師資訓練学校に押し入って婦女を強姦した。私達の事務所の近くで三人の日本兵が十二歳の女子を強姦した。十三歳の小姑娘も強姦に遭った。……敗残兵は、自首すれば懲罰として夫役を課されるだけで、生命は保証すると日本側は公告した。約二百四十人が自首して出た。……聞けば機関銃の掃射を受け、また銃剣術の練習台になった由である。

十二月三一日　金曜日。……　十二月十九日から今日まで日本兵が放火しない日は一日もなかった。昨日クロイゲル君は、東門から帰ってきて、彼が通った二十マイルの途々では家も焼かれ人影もなく家畜も見当たらなかったと報告した。……　私達は上海の日本新聞と東京日日新聞を読んだが、早くも十二月二十八日には各商店とも続々と店を開き、市場も常態に復しつつあって、日本軍は外国人の難民救済に協力し城内の中国匪徒を粛清し、南京は安静を取り戻したと書いてあったのには苦笑を禁じ得なかった。」

当時、日本では南京陥落を祝って祝賀行事が全国繰り広げられていました。天皇は十二月十日、「……速《すみやか》ニ主都南京ヲ陥レタルコトハ深ク満足ニ思フ此旨《このむね》将兵ニ申伝ヘヨ」という「御言葉」を下していたのです。

忌《い》まわしい三光作戦（殺・奪・焼）

これ以後、侵略戦争は益々拡大して除州、武漢、広東を陥れ、共産党の八路軍の抵抗の強い地域では、殺し尽くす、奪い尽くす、焼き尽くす、という三光作戦で村々を焼き払い、住民を殺していきました。殺傷された中国民衆は二〇〇〇万人以上です。

（第25号）２０１４年４月１日

（3）学問の自由に対する弾圧

日中戦争が進行する中で、私が生まれた年の一九三五（昭和十）年、国際共産主義運動（コミンテルン）では、人民戦線テーゼが採択されました。国内でも社会主義者も、共産主義者も、自由主義者も、クリスチャンも広く反ファシズム統一戦線を組もうと提案されました。それに呼応して労働者、農民、知識人がそれぞれに中国侵略反対の運動を起しました。それに対して権力側は一斉検挙をもって応えたのでした。

相次ぐ逮捕

大学・学問の自由に対する弾圧も強化されました。一九三六年の二・二六事件の直前、三三年の京大の滝川事件に次いで、美濃部達吉東大教授が自宅で右翼の青年に刺されて重傷を負いました。この時、敢然と軍部を批判したのは、経済学者・社会思想家で東大教授だった河合栄治郎ただ一人でした。七月には平野義太郎、山田盛太郎ら共産主義研究者グループ、講座派学者や左翼雑誌関係者ら三十余名が治安維持法違反で一斉検挙（コム・アカデミー事件）されています。

南京大虐殺の直後の十二月、日本無産党、日本労働組合全国評議会に結社禁止令が出されます。翌年の一九三八年二月には大内兵衛、有沢広己、美濃部亮吉ら労農派教授が一斉検挙されます（人民戦線第二次検挙）。

五月には国家総動員法が発令されて国内のみならず朝鮮、台湾、樺太、南洋諸島でも施行されました。一九四〇（昭和十五）年、「日独伊三国同盟」が締結されますが、戦後新憲法発布時、首相だった幣原喜重郎は、この同盟に強く反対して日米戦争の可能性を警告しました。そのため逮捕はされなかったものの、憲兵に絶えず監視されることになります。

東大教授・矢内原忠雄の闘い

東大教授だった矢内原忠雄もキリスト者の立場で、平和思想を強く主張して侵略と戦争に断固として反対しました。一九三七年、中央公論九月号に「国家の理想」という論文を書いて「〈立ちかえる〉とは戦争を避け、軍事的策動を止めることである。〈休む〉とは国民に休養を与えることである。平和と信仰（正義）こそ国の立つ基であり、庶民の救いであるに拘らず、汝等はこの主を聞かず、主戦政策に邁進するが故に、今敵を攻むる為に乗り出す汝等の駿馬は、却って敗戦退却の用に供せられるであろうとの事である」と、軍部の中国侵略を堂々と批判したのです。この文章は掲載されたことは掲載されましたが、伏字だらけでした。

その年の十月、藤井武の七回忌の記念会がありました。藤井は内務省の役人でしたが、ある日啓示を受けて、内村鑑三の門に入り独立伝道の道を歩んだ立派なクリスチャンでしたが、若くして亡くなりました。矢内原はこの記念会の講演で藤井の言葉「日本の現状には愛想をつかす。こういう日本の国は滅びよ、きょうは日本の国を葬うべき日である」を引用して、自分も同感であると「日本の理想を生かす為に、一先ず此の国を葬って下さい」と祈りました。

これが警視庁の耳に入り、内務省にゆき、文部省に伝わりました。東大内部にも次第に時流に迎合するものが多くなり、経済学部の中からも矢内原追放の声が強まり、矢内原は十二月四日辞職しました。

大学を去った後も個人雑誌「嘉信」を発行し続けました。しかし、ユダヤ人問題、インド問題、支那問題など国の植民地政策を批判したためにしばしば発売禁止になっていました。東大を去ってすぐ、『民族と国家』を自費出版しましたが、これは発売禁止となりました。矢内原忠雄は個人として侵略戦争への批判と抵抗を続けました。

矢内原の他にも個人的な言論活動や徴兵拒否などの抵抗活動も行なわれましたが、日本はドイツと共に戦争への泥沼に突入していきます。

大戦前夜

一九四一（昭和十六）年一月に東条英機陸相が「生きて虜因の辱めを受けず、死して罪禍の汚名を残すこと勿《なか》れ」の戦陣訓を通達しました。これが戦争末期の玉砕や幾多の悲劇を生むこととなりました。

また新聞紙等掲載制限令が公布され、国家機密の掲載制限が強化され、首相に記事を差し止める権限が与えられることになりました。

二月には情報局が各総合雑誌に執筆禁止のブラックリストを示し、矢内原忠雄、清沢洌、田中耕太郎、横田喜三郎ら九名が挙げられました。

三月には軍機以外の国家機密保護を目的に国防保安法を公布、最高刑は死刑でした。

四月、小学校が「国民学校」と改称。

私はこの年に袖師村立国民学校に入学しました。

修身は「ヨイコドモ」で「テキノタマガ、雨ノヤウニトンデイル中ヲ、ニホングンハ、イキホイヨクススミマシタ」「ヨミカタ」「コトバノオケイコ」は「アカイ　アカイ　アサヒ　アサヒ」になりました。

朝鮮総督府は、朝鮮語の授業を廃止しました。

太平洋戦争開戦は間近です。

（4）世界大戦の年

（第26号）２０１４年５月１日
（第27号）２０１４年６月１日

一九四一（昭和十六）年六月二十二日、ヒトラーは独ソ不可侵条約を破って突如、ソ連に侵攻して、ヨーロッパは全面戦争になりました。

昭和十六年十二月八日開戦

日本も日ソ中立条約を結んでいましたが、ヒトラーに追随するかのように七月二日の「御前会議」で対ソ戦準備を決定し、九月六日、英米とオランダに対する戦争準備も決定しました。

十月五日には、大本営が連合艦隊と南方軍に英・米・オランダを攻撃する作戦準備命令を伝えました。

十月十五日、近衛首相のブレーンだった尾崎秀実がスパイ嫌疑で逮捕され、次いでナチ党員だったゾルゲも検挙される「ゾルゲ事件」が起っています。

戦争体制が整ったこともあり、辞職した近衛首相に代って、東条英機陸軍大臣が現役のまま組閣して東条内閣が誕生しました。この時、安倍現首相の祖父である岸信介は商工大臣として入閣しています。

十二月八日、日本時間午前二時、日本軍がマレー半島に上陸を開始、三時十九分、ハワイ真珠湾の空撃開始。奇襲成功の暗号「トラ・トラ・トラ」を発信しました。四時二十分、野村・来栖両大使がハル米国務長官に最後通牒を渡す。

米英両国に宣戦の詔書が発布され、太平洋戦争が始まりました。

こうして「大東亜戦争」は、一九四五年八月十五日の終戦を迎えるまでに日本人三〇〇万人、全アジアでは二〇〇〇万人とも四〇〇〇万人とも言われている犠牲者を生み出しています。この一人一人にそれぞれの生活があり、家庭があり、家族があったのです。どれ程の悲劇が生まれ、どんな涙が流されたか推し量ることもできません。戦争を許すことはできません。私たち現代に生きる日本人は、秘密保護法、武器輸出三原則の緩和、集団的自衛権容認など戦争に繋がるどんな芽であっても摘み取らなければなりません。世界に誇れる平和憲法の核心である憲法九条を守ること、これは私たち日本人の責務です。

日米開戦と同時に新聞・ラジオの天気予報や気象報道はできなくなりました。ラジオは大戦果を知らせる前に、陸軍は「分列行進曲」海軍は「軍艦マーチ」、共同の時は「敵は幾万」が流されることになりました。

「欲しがりません勝までは」や「生めよ殖やせよ国のため」などの標語が巷に広まっていきました。

前年から学生の長髪は禁止されていましたから、学生も生徒もみんな丸坊主でした。修学旅行も禁止されて行なわれていませんでした。

翌年になると「金属回収令」が出され、寺の仏具や梵鐘などが強制的に供出されました。女性の指輪まで供出させられるような時代でした。

戦争の頃の子どもの遊び

戦争が始まっても子どもたちの遊びの世界は、それほど急には変りませんでした。現在のような遊び道具があったわけではありませんでした。バットやグローブを子どもたちが手にするのは、戦争が終って大分経ってからでした。

近所にも子どもたちが大勢いて、放課後や日曜日には元気な声がいつも賑やかに聞こえていました。家の前の通りだけでも大工さんちの康之君、お茶屋のミツオキ君、炭屋のキンちゃん、春田さんのツットーさん、川島さんのコーちゃん、唐傘屋のコウイッちゃん、石屋の長ちゃん、海苔屋のマサジ君、魚屋のシンちゃん、八百屋の栄吉ちゃん、石橋さんの克ちゃん、それぞれに何人かの兄弟がいましたから遊び仲間にはいつでも事欠きませんでした。

家の前の庵原郡の郡道も舗装されていませんでしたから、みかんの時期には馬に引かれた荷車がみかんを一杯積めた木箱を乗せて馬糞を落としながら通っていました。小路ももちろん、すべて土の道でした。秋葉山の下の道を下ってくると突き当たりが魚忠さんで、筋向いの右の角が魚秀さんで、その横丁の小路が、子どもたちの格好の遊び場でした。

その頃の子どもたちの遊びについて思いつくまま書いてみます。

〈ラム〉……全国的にはビー玉と呼ばれていますが、清水ではラムと言って男の子の遊びの中ではペッタン（めんこ）と並んで人気のあった遊びで、学校から帰るとポケットにラムを入れて横丁に集まってよく遊びました。

円の中に決った数のラムを出しあって、そのラムを狙って指で弾いてラムに当て、円の外に弾き出したら取ることができ、続けてやることができる。当らなかったら次ぎの順番の子と代って、円の中の玉がなくなったら、また玉を出し合って次回が始まります。みんな競って強く弾いて玉に当てることに懸命でした。上手な子はポケットにずっしりと重いラムを入れて、意気揚々と夕飯に帰っていきました。

〈ペッタン〉……めんこのことを清水ではペッタンと呼んでいました。ペッタンには丸いものもありましたが、私たちが遊んだペッタンはほとんど長方形のものでした。ペッタンには幾通りかの遊び方がありました。最も一般的に行なわれていたのは「おこし」で、ジャンケンで負けたものが地面にペッタンを置き、勝ったものは、自分の手に持ったペッタンを置かれたペッタンの横に強く打ちつけて、裏返しにしたら手に入れることができ、取られた方は次の一枚を置く。裏返しに出来なかったら交代する。足かけといって、地面に置かれたペッタンに足を添えてひっくり返し易くしたり、また持ち方にも工夫をしたりしました。

〈釘刺し〉……大工さんの使う五寸釘を地面に投げて突き刺し、刺さった所まで線を直線で結びます。「かこみ」は左まわりに線をつないでいき相手を囲んで出られなくすれば勝ち。

〈馬乗り〉……馬乗りも男の子には人気のある遊びでした。五・六人づつ二組に分かれ、親馬が塀や電信柱を背にして立ち、その股に次の者が頭を入れ、同じように次々につながって馬ができます。乗り手の組は跳び箱を跳ぶように遠くから走っていって順番に馬に跳び乗り、全員が乗ったら親馬とジャンケンをして、負けた組が今度は馬になるのです。ただし、馬が潰れたら負けです。だから弱い所を狙って重量をかけたり、ドシンと落ちて馬を潰そうとします。馬から落ちても負けですから馬は尻をゆすって振り落とそうとします。

〈竹うま〉……竹馬でもこの横丁でよく遊んでいました。

家の裏の秋葉神社の境内や山も子どもたちの遊び場で、放課後子どもの声が聞こえない日はないほどでした。椎の実も落ちていたし、山桃の木もありました。木登りやかくれんぼもしましたが、最も印象に残っているのは駆逐水雷です。

〈駆逐水雷〉……これは、艦長は帽子を真っ直ぐに被り駆逐艦にタッチすれば勝ちますが、水雷艇にタッチされれば負けです。駆逐艦になった子は帽子を横に被り水雷には勝ちますが、艦長には負けます。水雷は帽子を後向きに被り艦長には勝ちますが、駆逐艦には負けます。

二組に分れて陣地を決め艦長は陣地近くに留って、駆逐艦はこれを守ります。木陰に隠れながら水雷が艦長をやっつけるか、陣地を占領すれば勝ち。敵艦に捕まれば敵陣で捕虜になります。味方が助けにきてタッチすると再び戦いに参加できました。

〈蝉取り〉……秋葉山では蝉取りもよくしました。現在のような捕虫網ではなく、竹の先に鳥もちに唾をつけながら薄く塗ってそれを使って取りました。鳥もちは駄菓子屋さんで水瓶の中に浮かせて売っていました。

〈杉の実鉄砲〉や〈紙鉄砲〉も子どもの作る遊び道具でした。子どもたちはほとんど誰でも肥後守か、鞘の付いた小刀を持っていて鉛筆を削るのはもちろん、〈竹とんぼ〉や糸巻き戦車を作って遊んでいました。

〈糸巻き戦車〉は要らなくなったミシンの糸巻の両側に小刀で切り込みを入れて、穴に輪ゴムを通して一方に一・二センチの割箸を片方に一〇センチ位の割箸に輪ゴムを掛けて捻って下に置くとちょっとした坂をどんどん登っていきました。

今はすっかり変ってしまいましたが、戦争中には自然がたくさん残っていました。現在の清水東高の自転車置き場あたりは湿地でした。

〈トンボ取り〉をよくしたところです。雄のヤンマは腹が空色でオートーと呼んでいました。雌はメートーで腹は白でした。雌を運よく捕まえることができるとその雌を囮にして雄のヤンマを釣りました。細い竹の先に結んだ木綿糸に雌を結えてヤンマの通り路でぐるぐる廻していると雄が寄ってきて、からまったまま地面に落ちるので楽々と捕まえることができました。子どもたちは雄が雌に惹かれて寄ってくるのだと思いこんでいましたが、縄張り争いだったようです。

秋葉山の下の小さな流れにも腹の赤いイモリや、どじょうやゲンゴロウなどがいました。ギンチョョッチョョと呼んでいたイチモンジセセリやシオカラトンボもたくさん飛んでいました。今は懐かしい仲間たちです。

〈こま回し〉や〈凧揚げ〉と戦争が始まっても路上に子どもたちの声が賑やかに聞こえていました。

近づく破局の時

大東亜戦争が始まると間もなく、父は二回目の応召で我が家は母と兄妹の三人家族になりました。その上、国民学校の二年生になった私は肺浸潤と診断され、一年間絶対安静ということで、外で遊ぶことができなくなりました。外で遊べるようになったのは昭和十八（一九四三）年の春からでした。

この年の四月、山本五十六連合艦隊司令長官がソロモン群島上空で戦死しています。五月には、アッツ島守備隊が玉砕。十月には、学生・生徒の徴兵猶予が停止となりました。テレビでも時々観られる、神宮外苑での学徒壮行大会が挙行されて東京近在七七校、数万人の分列行進が雨の中、行なわれました。

この秋、上野動物園では空襲時に猛獣が逃走の危険があるからと、ライオン、トラ、ヒョウなど二七頭が毒殺されました。

(5) 焼土と化した日本

（第28号）２０１４年7月1日

国民学校一年生だった昭和十七（一九四二）年春頃までは、東海道の松並木のあった電車路《みち》で、国防婦人会のおばさんたちと一緒に生徒も路の両側に整列して、日の丸の小旗を振りながら「勝って来るぞと勇ましく…」と「露営の歌」を歌いながら出征兵士を見送りました。

一年休学した後の昭和十九年の春になると、並木の松が切り倒された電車路に並んで「海ゆかば」を歌いながら英霊を迎えることが多くなりました。松は飛行機の代用燃料を採るために伐採されていたのです。

この年の三月に空地利用の食糧増産と疎開促進の要綱が発表されました。学校の運動場も空地と見なされたのかサツマ芋畑になって、運動会は横砂の浜で行なわれました。

戦局は一段と悪化して、七月七日サイパン島の守備隊三万人が玉砕しました。住民の死者は一万人でした。八月三日テニアン島で八〇〇〇人、八月十日グアム島で一八〇〇〇人の守備隊が玉砕しています。

米軍は八月十日にはサイパン、テニアン両島をB29、B24の基地として使用を開始して、十一月一日にB29の初偵察が行なわれています。十一月二十四日にはB29七〇機による初めての空襲がありました。

翌昭和二十（一九四五）年になると空襲は激しくなりました。燈火管制は言うまでもなく、連日のように東海軍管区から「警戒警報」「空襲警報」が報じられました。警報が発令されると、授業は中止になって防空頭巾を被った子どもたちは家に帰されました。

二月三日には米機動部隊の艦載機千二百機による攻撃が関東各地と九州各地で行なわれました。

私たち親子三人は新学期になって庵原郡松野村の母の実家に疎開しましたので、清水の大規模な空襲は経験していません。

最も被害の大きかったのは、三月九日の夜の東京大空襲です。江東地区が全滅して二三万戸が焼失、一二万人が死傷しました。三月十四日には大阪で一三万戸が焼失。五月十四日は名古屋、五月二十四・五日は渋谷、目黒、大田、千代田、文京、世田谷、杉並、新宿、品川が空襲の被害に遭い、六日までに東京の市街地の五一％が焼失して九万人以上の死者が出ています。

六月以降は地方の五四都市に空襲があり、終戦までにB29が延べ一万五千機、来襲しました。

三月末には米軍が沖縄・慶良間列島に上陸して沖縄戦が始まっていました。四月一日には本島中部の読谷《よみたん》海岸に上陸してきました。

四月六日、片道の燃料だけを積んで戦艦大和が徳山を出航して、七日、十波、百八機の攻撃で六八発の魚雷を受けて撃沈されました。艦長以下二七四〇人が、海の藻屑と消えました。

沖縄戦――最大の犠牲者は一般市民

六月十日、沖縄の米軍は牛島満司令官に降伏勧告を行なっていますが、当然のごとくこれを無視しています。六月十九日、日本軍守備隊の総攻撃の前に出されていた解散命令を遅れて知った、ひめゆり、おとひめ部隊は別れの演芸会を行なった後に壕内に手榴弾を投げこまれて惨死しています。

六月二十三日、沖縄守備隊は全滅して、牛島司令官は自決しました。沖縄戦による戦死者九万人、一般島民一〇万人、義勇兵二万人、米軍戦死者一万四千人でした。

六月二十六日、米軍が久米島に上陸、この時、日本軍守備隊はスパイ容疑で島民の虐殺を行なっていました。

沖縄戦の作戦終了宣言を米軍が行なったのは七月二日でした。

沖縄戦に関しては、戦後に何度も問題となりました。その一つに、教科書の検定を違憲として起こされた訴訟がありました。日本史教科書を執筆した家永三郎氏が起こした教科書裁判の第三次訴訟は、家永氏の沖縄戦に関する記述「沖縄県は地上戦の戦場となり、約十六万もの多数の県民老若男女が戦火の中で非業の死をとげたが、その中には日本軍のために殺された人も少なくなかった」に、検定で集団自決を書き加えるよう修正意見がついたことをきっかけに起こされています。国が沖縄戦での実態を抹殺しようとしたのです。

沖縄・糸満市摩文仁に県立平和祈念資料館があります。今年一月沖縄を訪れた際に、資料館を半日かけて見学してきました。資料館の向かいに高さ四五メートルの巨大な堂塔が聳えています。平和祈念堂です。平和祈念堂の隣りにマンジュウ型の石塚がありました。それは「韓国人慰霊塔」で石塚の周囲には、韓国から運ばれてきた石がはめこまれて、塔の前に刻まれた矢印は故国韓国の方向を指していました。碑文には次のように刻まれていました。

「一九四一年、太平洋戦争が勃発するや、多くの韓国青年達は日本の強制的徴募により大陸や南洋の各戦線に配置された。この沖縄の地にも徴兵、徴用として動員された一万余名があらゆる艱難を強いられたあげく、あるいは戦死、あるいは虐殺されるなど惜しくも犠牲になった。」

一九三九年から敗戦までの連行朝鮮人は百万人以上に上りました。全国の炭鉱労働者の三三%が連行された朝鮮人労働者で占められていました。沖縄戦の特徴は軍人より一般住民が多く死んでいることですが、これは中国でもアジア太平洋地域でも同じです。戦争は戦争を生み最も被害を被るのは、常に無辜の庶民です。

3　集団的自衛権の行使容認を許してはなりません

(第27号) 2014年6月1日

平和のために武力で自衛するという論理は、既に論理矛盾に陥っています。「平和のために戦う」という大義名分を掲げて戦われた争いで平和がもたらされたことがあったでしょうか。戦争は人間と人間が殺し合うことです。戦争の犠牲になるのは、常に平和を望んでいた庶民でした。戦争は優しい父や兄弟を冷酷な殺人者に変えます。戦争は新たなる憎悪を生み、さらにより大規模な戦争を培養します。

戦後六九年、日本人は憲法九条のお陰で戦争によって他国の人を殺さないで過ごすことができました。戦後日本が奇跡の経済発展を遂げられたのも予算も人材も軍事に投入しなくてよかったからです。安倍首相は「企業が一番活動しやすい国にする」と言いました。武器輸出三原則を緩和して殺人兵器を輸出して誰が利益を得るのでしょうか。戦争は兵器や戦術の問題ではなくて、経済と政治の問題です。戦争が準備され、戦争が起きればそこに必ず戦争によって財を築く死の商人が蠢いています。彼らは、平和になれば平和になったことで大儲けができる仕組みをしっかり用意しているのです。

日本の危機をつくり出しているのは安倍首相です。靖国神社参拝で戦争指導者の狙いを正当化し、従軍慰安婦問題に軍が関与したことを否定し、東京裁判の判決を認めない。これらのことによって中韓との関係は冷えこんでいます。欧米諸国でも批判が高まり、日米関係すらギクシャクしてきています。このままではアジアだけでなく、欧米との外交も立ちゆかなくなります。

日米軍事協力の情報漏洩を恐れる米国に強いられて、国民の大反対を押し切って秘密保護法を制定し、海兵隊基地も金と脅しで無理矢理、辺野古に決定するなど悪あがきをしています。永遠の平和を望むなら、敵と見なしている国々の人々を愛し敬い、お互い話し合い、利益と権利を認め合うことです。特に韓・中は同じアジアの仲間でありませんか。軍備強化ではなく、近隣諸国や世界の国々との関係を新たに組立てて、戦争のない外交にする、これが「積極的平和主義」です。

戦争を望む為政者が常套手段として用いるのが、愛国主義の鼓舞と扇動です。安倍首相は愛国心を強調しています。愛国心などを政治家やマスコミが囃し立てない時代こそが国民にとって生活し易い時代です。集団的自衛権反対！

4　自国の過ちを素直に認め謝罪し、けじめをつけよう

（第39号）２０１５年6月1日

「ホロコースト（ユダヤ人大虐殺）があったことを知りながら、沈黙してきた人たちは、自分が大戦中にそれにどう関わり合っていたかを静かに自問してほしい」と一九八五年五月八日、四〇年前にドイツが無条件降伏した日を記念して、当時の西ドイツ大統領のリヒアルト・フォン・ヴァイゼッカーは演説の中で語り「罪の有無、老幼いずれを問わず、われわれ全員が過去を引き受けねばなりません。誰もが過去からの帰結に関わり合っており、過去に対する責任を負わされております」「過去に目を閉ざす者は結局のところ現在にも盲目となります。非人間的な行為を心に刻もうとしない者は、またそうした危険に陥りやすいのです」と後世に残る名言を残しました。

安倍政権（二〇一二年十二月〜）になってマスコミ、マスメディアへの圧力は強くなり植民地支配の実態や侵略戦争の事実、南京虐殺、従軍慰安婦、七三一部隊、強制連行、東南アジアにおける住民虐殺、沖縄戦の実態も報道されることもなくなり、教科書検定の強化により次々と記述がなくなり、中学生、高校生が国際理解を深める機会はますます少なくなっています。

旧西ドイツのブラント首相は一九七〇年十二月、ワルシャワ・ゲットーの前でひざまずきナチスの犯罪について許しを乞いました。そして被害国民に対しても十分な賠償を行ないました。

戦後七〇年、最も近い隣国である北朝鮮、韓国、中国と我が国との関係が現在ほど険悪になった時代はありませんでした。日本政府が過去を心から謝罪したら韓国人や中国人は必ずや許してくれるはずです。自国の過ちを素直に認め、けじめをつけることこそ本当の勇気であり、名誉です。

現在の安倍政権の歩んでいる道を突き進んでいったら日本はとり返しのつかない国になってしまいます。今が最も大事な時期です。私たち日本人は、現政権にもっと怒り、反抗すべきです。

現代の若者たちは高校でも大学でも現代史を学んでいません。広島・長崎に原爆が投下されたことも、一九四五年三月十日の東京大空襲で一〇万人の市民が犠牲になったことも、歴史の彼方に風化しつつあります。ましてや、かつての日本軍国主義が中国はじめアジアの何千万の人々にどれほどの被害を与えたかなど忘れ去られようとしています。

しかし、被害を受けた国々の人たちは決して忘れないでしょう。中国の小中学校の教科書には、一九三七年の南京大虐殺について「日本軍は、中国兵はもとより、おびただしい数の一般市民に対しても殺害、暴行を加え、放火、略奪を行った。殺されたものは三〇万人を下らず、焼かれたり、壊された家屋は全市の三分の一にも達した」と書かれています。

しかし、日本国民には知らされず、敗戦後東京裁判によって初めて明らかになったのです。当時二十六歳の従軍記者だった小俣行男が『戦場と記者』（冬樹社、一九六七年）に貴重な証言を残しています。

黒羽清隆、元静岡大学教育学部教授がダイジェスした一文に出会いましたので御紹介します。

南京大虐殺

①支局のあるピヤス・アパートのすぐ前の小公園で、憲兵が五人の中国人をしばって首を切っていた。この虹口サイドでは、憲兵将校の命令により、罪もない中国人がスパイ容疑で斬首されていたという。—ひとりの連絡員の話。

「日本刀というのは、よくきれますね。手を後にいわえて、坐らせ、刀に水をつけてから振りおろす。スパッと首がとぶんですよ。本当に胴から離れて宙をとんで、三尺も前にころがるのです。切り口から噴水のように、真っ赤な血が三本ほど強くふき出して、それが次第に弱くなり、首のない身体がぐたりと前にのめる。まだつづきをやっているかも知れませんよー」。

②南京市内外の随所で、掠奪、強姦があいついだ。日本軍の入城したときにまだ残っていた多くの建物が掠奪・放火の対象となった（憲兵隊・法務部・軍法会議のレールにのせられた事件は、たぶん「九牛の一毛」に近い件数だったのではないかとも推測される）。

③中国人民衆は、その住居から追いたてられ、城内の一角の「難民区」に収容されており、捕虜も約十万名はいたらしい。その捕虜の処置について、軍司令部に質問すると、「適当に処分しろ」ということなので、南京城外・揚子江（長江）岸の下関《シャーカン》で整列させ、斬首し、死体を揚子江に投棄させた。朝から晩まで、一日二千人ほどだったという。

④二日目からは、手が疲れてきたので、二台の重機関銃により、十字砲火の掃射を行い、河口に整

列させた捕虜を射殺した。

そののち、軍命令がきて、「捕虜は殺してならぬ。後方に送って使役につかう」とされたが、そのときは、数千名が殺されたあとだった。揚子江には、中国兵の死体がいっぱい浮いていたという。この記録では、「難民」住民の運命は、分明でない。
⑤一九三五年（昭和一四年）三月一七日に開始された揚子江・崇明島の「残敵掃蕩」作戦では、崇明県城の捜査中、「生後まもない赤ん坊だけが二百人もいる託児所」が発見された。「これらの赤ん坊たち」は、「暗い室内でカゴに入れられ、棚の中にならべられていた」といい、保育係も逃亡し、「名札」もなく、「飢えて死ぬばかりになっていた。乳を求めて泣き叫ぶ者もいた。すでに泣く力を失って虫の息のものもいた。」部隊の軍医がきても手のつけようがなく、ミルクがないので、米を粉にして湯でとかしてのませたが、すでに手遅れ、毎日、みどり児たちは、十人、二十人と死んでいった。「これは地獄だ」――軍医は冷たくなった嬰児たちの死体をかたづけながら、そう、いったという。

戦争で人間は獣になる

⑥一九三八年（昭和十三年）の漢国攻略戦にともなう武穴鎮地撃のとき、武穴北方の集落では、こんな風景がみられたという。――池のほとりに軍服がたくさんすててあった。武器は池の中にすてられたらしい。退路をたたれて追いつめられた中国兵は、「便衣」（ふだん着）となって、この集落に入りこんだとみられ、一戸一戸、家宅捜索をした。
男たちはみな、表にならばされた。……ザンギリ頭、額に帽子をかぶったあとのあるもの、手に銃

をもったあとのタコのあるもの、これらが兵隊と見做されて連行された。三十人くらいいたろうか、後手に縛られて、池のほとりに並ばされた。

間もなくこの敗残兵は、処刑されることにきまった。部落の裏に低い丘があった。後手にしばられた青年たちはその丘の上に連れて行かれ、部落とは反対側の斜面で処刑された。七・八人ずつ、眼かくしされて一列に並ばされ、陸戦隊の兵隊たちの銃剣で、後ろから突き刺された。日本刀で肩から袈裟懸けに斬られたものもあった。

「力一ぱい後から突いたが、思ったより柔かく、ずぶっと刺った」という兵隊もいた。「倒れたのを上からもう一度突いた。力が余って剣が土に突き当って、くにゃくにゃに曲った」という兵もいた。私は処刑の現場を見に行かなかった。いくら戦争でも、すでに抵抗をやめているものを殺すのは残酷だ。

と小俣行男は『戦場と記者』の中に記しています。

過去と向き合うことの重要性

旧日本軍が犯した戦争犯罪の象徴例が「南京大虐殺」であり「従軍慰安婦」問題です。「従軍慰安婦」とは、旧日本軍が兵隊用に作り出して維持してきた「性奴隷制」であり「強制売春」の制度でした。この制度の被害者となった女性は朝鮮、中国、フィリピン、インドネシア、台湾、オランダそして日本の数万人以上といわれています。

あなたの身内が慰安婦にされたことを考えたことがありますか。到底許せることではないでしょう。

慰安婦本人に日本政府がどのような償いと謝罪をしてきたかを私たち日本人は戦後七〇年に当たって真摯に「過去と向き合う」ことが重要です。

好戦的な安倍首相の歴史認識では、近隣諸国との友好関係は絶望的です。二〇一五年四月二十九日、訪米した首相は米議会で演説しましたが、アメリカに尻尾を振っただけで慰安婦問題には触れませんでした。韓国では「正しい歴史認識を通じて周辺国との真の和解と協力を実現する転換点にできたのにもかかわらず、そのような認識も真の謝罪もなく非常に遺憾に思う」と強く批判の意を表明しました。

五月二十日に行なわれた党首討論の中で安倍首相は、先の日本の戦争が侵略戦争であると判定したポツダム宣言も読んでいないことを恥ずかし気もなく表明しました。このような歴史認識を持つ安倍がアメリカの行なう戦争の善悪を判断することはできません。

イラク、アフガニスタン、シリア、「イスラム国」の人間同士の殺し合いを見ても、戦争は新たな戦争を生み、人間を獣にしています。平和のための軍備などあり得ません。武器は所詮、人殺しの道具です。戦争は最も卑しい権力者が、死の商人と手を結んで名誉と財力を奪い合う以外の何ものでもありません。

憲法第九条を守ろう

安倍首相の最大の目標は、平和憲法を亡きものにすることです。世界に唯一、誇ることのできる憲法第九条を守り抜くことは、現在の日本人に課せられた最大の使命です。

戦後七〇年間、日本人は自国の戦争によって一人も殺さず、殺されもしませんでした。戦後の奇跡の復興も無駄な軍事費を費やさなかったからです。九条のお陰です。それが安倍内閣になり軍事予算は年間五兆円に膨張し、世界の軍事大国として海外派兵しようとしているのです。

どの世論調査でも日本国民の多数は今回の「戦争法案」に反対しています。それをろくな議論もしないで米国の云うなりに八月までに自民・公明両党は数で押し切ろうとしています。

人間は過去の過ちを恥じるべきではありません。人間だけが過ちを犯す存在です。過ちを犯した時、自分（自国）や他人（他国）との正しい関係を見出せないことこそが本当の過ちなのです。

5 「すべて剣をとる者は剣にて亡ぶなり」（新約聖書マタイ伝）

（第31号）２０１４年10月1日

集団的自衛権容認に踏み切った安倍首相は「積極的平和主義」を唱え、武力行使そのものである「駆けつけ警護」を主張して譲りません。自衛隊の活動については、
①離島に上陸した外国人を、武器を使って排除する。②領海を潜って航行する潜水艦を、武器を使って追い出す。③海外で日本人を救出するのに派遣した自衛隊の武器使用基準を緩和させる。その上「武器輸出三原則」を全面解禁して世界の安全保障環境を悪化させようというのです。安倍首相はよほど武器を使用させることを望んでいるのでしょう。

私たちはノーと言おう

歴史を振り返ってみると、戦争に反対する人たちには大義名分がありますから言論や文章を駆使して戦争反対の論陣を繰り広げます。大多数の民衆も戦争を望んでいませんから、初めのうちは耳を傾けて拍手で迎えてくれますが、次第に支持する人は減り、反戦の声も弱くなってきます。というのも、戦争を望む死の商人や国家を動かしている権力は新聞、テレビの報道機関を握っているのですから民衆の反戦の声などひとまたりもなく、かき消されてしまいます。

それでも反戦を唱えようとしたら権力者によって演壇からひきずり下され、紙面から締め出されてしまいます。こうなると以前は戦争反対と叫んでいた民衆は簡単にひっくり返って神社や寺や教会まで一緒になって、戦争、戦争と声を張り上げ出します。そして反戦論者には「非国民」「アカ」のレッテルが張られて、狂暴になった国民と権力によって圧殺されてしまいます。言論の自由は失なわれるのです。

ここから先は為政者の思うままです。嘘のつきたい放題の嘘をでっち上げ、相手国の悪宣伝を撒き散らします。国民は権力者の手のひらの上で自由に踊らされて、この戦争は正義の戦争だと忠実な戦争協力者になっていくのです。

日露戦争の前夜、第一次世界大戦時のヨーロッパ、日中戦争と太平洋戦争時の歴史を繙《ひもと》いてみて下さい。

国家は為政者の私物

戦争の原因のほとんどが経済的要因によるものです。市場と資源の獲得のための争いです。戦争は個々の人間対人間の関係ではなく、国家対国家、民族対民族、宗教対宗教の関係なのです。その根底に経済の問題、権力の問題が横たわっているのです。

そして個々の戦闘となれば、一人の人間は市民ではなくなり、巨大な歯車の中に繰り込まれ、兵士として殺人マシーンとなり、名前も顔も知らない、それぞれの家族を持った、親でもあり子でもある敵と殺し合いをすることになるのです。

国家は国家を、民族は民族を敵とすることはできても、個々の人間の敵として闘うことはできません。なぜなら国家や民族は理念であり、機構です。それに対して人間は現実に生きて生活している生物です。国家と人間は質の異なった存在なのです。本来、自由な人間は国家と共通な関係を結ぶことはできないはずです。

国家が戦争をするといっても、構成している人間が、市民がノーと言えば戦争を阻止することができるのです。

国家とは何かをもう一度考え直してみることが必要です。国家が存在する限り戦争はなくならないでしょう。

戦争への道を歩まないために

人類の歴史二千数百年のうち三分の二以上の年に戦争がありました。どんな時代にあっても戦争を歓迎する庶民はいません。にもかかわらず人類がこれほど戦争と硬く結びついて縁が切れないのは何故でしょう。

戦争は多大の生命、莫大な労力、膨大な戦費、計り知れない勇気と忍耐を浪費しながら殺戮と破壊を繰り返してきました。現に今も、イラクで、シリアで、アフガニスタンで、ウクライナでも戦いが行なわれています。壊滅状態のガレキの中で子どもが泣いているガザの映像を観たのはつい先頃です。

この巨大な全く無駄なエネルギーが戦争のためでなく、平和と人類の発展のために寄与されたとしたら人類の歴史は全く変っていたのではなかったでしょうか。

日清、日露の戦争で日本が勝って日本中が狂ったように喜んで旗行列や提灯行列をして大騒ぎをしました。ところが太平洋戦争では二百五十万人以上の兵士が戦死、東京は焼け野原となり、十万人が亡くなりました。全国では二百以上の都市が空襲で焼け、六十万人の犠牲者を出して日本は完膚無きまでに打ちのめされました。

その中から平和憲法が生まれてきたのです。戦争はもうしません。当り前の話ではないでしょうか。日本は戦争をする国になってしまうのでしょうか。安倍政権が集団的自衛権を容認したことで憲法九条は空文化しつつあります。自衛隊が武装して海外に派兵される日も遠くないかもしれません。今こそ戦争阻止のため、安倍内閣打倒の声をあげる時です。

三、沖縄基地問題

1　住民の生命・財産を脅かす海兵隊

（第1号）２０１２年4月1日

スタンリー・キューブリックの戦争映画の傑作「フルメタル・ジャケット」にはどのような教育を受けて海兵隊員が殺人マシーンに仕立て上げられていくかが見事に描写されています。

事件を起こすことが多い海兵隊員の質が米国内でも問題になっていますが、在日米軍三万三〇〇〇人の約半数（一万四〇〇〇人）が海兵隊員でその九割（一万三〇〇〇人）が沖縄に集中しています。沖縄の米兵による犯罪が多発するのは当然のことです。沖縄における米兵による被害は、年間一〇〇件前後あり、一九七二～二〇一〇年までの三八年間だけでも五七〇〇件以上ありました。その一割が殺人・強盗・強姦などの凶悪犯罪でした。沖縄の海兵隊は、殺人のために改造されていても日本国民を守るための訓練も規律教育も不充分なまま、半年毎のローテーションで送り込まれてきます。沖縄では、日本を守るための米軍が住民の生命財産を脅かす最大の脅威になっているのです。

在日米軍基地の必要性については、戦争や紛争が起きた場合、日本を防衛する安全保障にあるとされています。ところが、在日米軍海兵隊の米国防総省公式サイトには、海兵隊の役割として「日本防衛」「日米安保の遂行」という文言は入っていません。

海兵隊の特徴は「迅速に、どこへでも、どのような任務にも対応する能力を備えた遠征介入部隊」であるという点にあります。「長距離の偵察、諜報および電子戦能力を備えている」ということからしても日本のためというより米国の世界戦略を担う部隊なのです。

沖縄では「有事」に備え、国民を守るために駐留しているはずの米軍兵士が「平時」にもかかわらず訓練や、演習や、犯罪や、事故で沖縄住民の命を奪い、危険にさらしているのです。

沖縄に海兵隊が移駐した理由

沖縄の海兵隊の主力部隊第3海兵師団は、終戦後一九五六年まで岐阜県の各務原《かかみがはら》と山梨県の現在の陸上自衛隊北富士演習場に駐留していました。それが沖縄に移ることになったのは、沖縄が戦略上重要だったからではありませんでした。移駐の原因は「素行の悪さ」によるものだったのです。

「キャンプ岐阜」は現在の航空自衛隊岐阜基地にあって航空材工場が隣接していましたから海兵隊としては、使い勝手のよい基地ではあったのですが、地元住民とのトラブルが多発し、苦情が絶えませんでした。酔っぱらっての発砲事件や、レイプが続発して女性のいる職場では、米兵の犯罪から守るために護衛が必要となるほど、治安が悪化したのです。あまりの米兵の横暴ぶりに基地反対運動が年々激化して、ついに岐阜から追い出されることになりました。

山梨県でも生活の糧を生んできた入会地を米軍基地として奪われた農民たちは、演習地の着弾地に座り込むなどの激しい反対運動を展開しました。このように五〇年代には、全国の米軍基地を抱える地域で反米軍基地運動が盛り上がりました。

五四年のバンフリート元陸軍大将が米軍再編のため極東地域を視察して「沖縄は、大きな潜在力を有している。戦略的予備軍2個師団の訓練場や施設を造ることができる」と報告しました。そこで在日米軍の移設地として米軍統治下にあった沖縄が脚光を浴びることになったのです。

五五年から沖縄住民の土地を強制的に接収することを合法化する「土地収用令」を布告して、住民にカービン銃を突きつけ、ブルドーザーで家屋を破壊し、畑を踏み均して、鉄条網を張り巡らして次々と米軍基地を建設していきました。

「沖縄差別」

沖縄住民の怒りは、ピークに達していて、これ以上の米軍基地の沖縄集中は、困難と思われていたにもかかわらず、五六年に米極東軍司令部は、先の海兵隊の沖縄移駐を決定しました。これは、日本から米軍の地上部隊を撤退させるという日米合意に基づいての沖縄移駐だったのです。

本土の負担軽減や、本土住民の激しい反基地運動のために米軍統治下にあった沖縄に基地を移転、移駐させたというのが本当のところです。

二〇一二年現在、沖縄には約二万四六〇〇人の米軍兵士が駐留していますが、海兵隊は、在沖米軍の兵員数で五八％、施設数で四四％、施設面積で七六％を占め、在沖米軍の中核となっています。

日本の総面積の〇・六％の沖縄に在日米軍の軍用施設の七四％が集中しているのです。正に「沖縄差別」です。元沖縄県知事の大田昌秀・琉大名誉教授は、こう述べています。「日本政府は、口を開けば、安保条約は国益に適い、日本国民の生命・財産を守るためには不可欠だと強調して止まない。しかるに多くの都道府県は、自らはその負担と、義務を分かち持とうとはしない。その結果、矮小な沖縄は、半世紀以上も安保体制から派生する過重な負担を押し付けられ、県民は日常的に生命の危険に晒され、平安な生活が営めないでいる。」

日本を守るための米軍が国民の生命・財産を脅かす最大の脅威になっていることを日米安保と共に考え直してみましょう。

※参考図書＝前泊博盛『沖縄と米軍基地』角川書店

2　沖縄普天間基地の無条件返還を

（第2号）２０１２年5月1日

普天間飛行場は世界一危険な飛行場と言われているのを耳にしますが、それは二〇〇三年十一月、ラムズフェルド米国防長官（当時）が普天間飛行場について「こんな所で事故が起きないのが不思議だ」「世界一危険な飛行場」と認めた発言をしたことに端を発しています。

飛行場周辺には、小学校九・中学校五・高等学校四・大学一校があり、その他病院・保育園などの福祉施設がひしめいている人口九万人の宜野湾市のど真ん中に位置し、市の面積の四分の一を占めています。

その市民の頭の上で早朝・深夜を問わず一日一五〇～三〇〇回の飛行訓練が行なわれているのです。二〇〇四年、沖縄国際大学の構内に大型ヘリが墜落しましたが、夏期休暇中だったので大事にならずに済みました。この事故当時、在沖・米軍航空機事故二一七件中、三五・五％を普天間飛行場所属機が占めていました。数ある米軍基地の中でも最も危険な事故率の高い基地です。

普天間飛行場について、チャルマーズ・ジョンソン元日本政策研究所長・元ＣＩＡ顧問は「中国脅威論は、予算が欲しい国防総省のでっちあげ、沖縄に海兵隊は必要ない」と断言しています。また、「米軍に普天間基地の代替施設は必要ない。日本は、結束して無条件閉鎖を求めよ」と提言しています（前泊博盛『沖縄と米軍基地』ｏｎｅテーマ21新書、角川書店）。

鳩山由紀夫前首相が辺野古沿岸と、徳之島への移設案を提案した時、ジョンソン氏は鳩山政権を批判して「実を言えば、米国には普天間飛行場は必要なく、日本国民は結束して普天間基地の無条件閉鎖を求めるべきだ。在日米軍は、嘉手納・岩国・横須賀など広大な基地を多く持ち、これで十分だ」と語っていました。

普天間を閉鎖して代替施設をつくらない場合、海兵隊のヘリ部隊の訓練はどうするのかとの質問に「嘉手納の広大な余った敷地内でもできるし、米国内の施設で行うことが可能、少なくとも地元住民の強い反対を押し切ってまで代替施設をつくる必要はない」と答えていました。

嘉手納・普天間統合案については「普天間基地が長い間存在している最大の理由は、米軍の内輪の事情、つまり普天間の海兵隊と嘉手納の空軍航空団の縄張り争いだ。すべては米国の膨大な防衛予算を正当化し、軍需産業に利益をもたらすためだ」と内情を暴露しています。

国防費削減のため海外に駐留する軍隊を極力減らしたい米国にとっては、沖縄住民の負担軽減のための基地返還ではないのです。グアムに海兵隊を移転するにしても、基地返還を口実にグアム移転費と新基地の建設費の六割を日本側が負担することになっています。その額は、二兆円以上でそれに日本国民の税金が使われるのです。これこそ税金の無駄遣いです。

ジョンソン氏が述べているように米軍は、沖縄の軍事基地を、今までのようには必要がないので、撤退させたいのです。それなのに民主党や防衛省が辺野古基地に固執して力を入れているのは、辺野古基地を将来、自衛隊が使用するための布石ではないかと考えられます。

3　「思いやり予算」を廃止せよ

(第3号)　2012年6月1日

一九九五年九月四日、沖縄本島の北部の町で一二歳の女子小学生が三人の米海兵隊の兵士に誘拐されました。米兵は、準備していた粘着テープで目や口をふさいで手足を縛った上、レンタカーで一・五キロ離れた場所まで運んでレイプしたのです。

沖縄県警は、三人の逮捕状をとって身柄引き渡しを求めましたが、日米地位協定を盾にとられて取り調べもできませんでした。当時の大田知事は「被害者の人権も守れない。日米安保はいったい、何から何を守っているのか。被害者よりも加害者が守られる。そんな協定を誰が結んだのか」と外務省と政府に抗議しましたが、壁は厚く撥ね返されてしまいました。

この少女暴行事件によって米軍基地撤去運動が高まりました。それを鎮静化するために日米両政府は、九五年十一月に「日米特別行動委員会」(SACO)を設置しました。その合意によって〇一年から〇五年には、普天間飛行場が返還されることになっていました。ところが返還に伴う「移設条件」として新たな代替飛行場建設の提供が加わったため十六年経った現在でもその実現がされていないのです。

軍事費に喘ぐアメリカ

二〇〇一年の9・11同時テロ以降、米国の国防予算は、アフガニスタン進攻、イラク戦争などで激増し、アメリカ経済は今や膨大な国防費の負担に耐えられなくなってきているのです。その結果、米国内の基地の削減と同時に海外に派遣している部隊も削減せざるを得なくなっているのです。

海兵隊のグアム移転は、沖縄の負担軽減のためではなく、米軍の再編計画として以前からの既定方針だったのです。沖縄のためではなく、アメリカ側の都合によるものなのです。

現在のように輸送手段が極めて発達している状況では、必ずしも沖縄に海兵隊を駐留させておかなくても米国の西海岸からでも東海岸からでも、いざという時にはいつでも出動できる態勢がとられているからです。それに北朝鮮が長距離ミサイルを開発したことによって、これまではミサイルの「射程外」にあった沖縄が「射程内」になったことと、中国の軍事力強化によって戦闘機の航続距離が一〇〇〇キロを超す多目的戦闘機に移行したことによって沖縄の地理的戦略的地位が低下したために二〇〇〇キロ離れたグアムに基地を移転するということなのです。

沖縄の負担を軽減するということは、明らかに名目に過ぎず、海兵隊の司令部機能を戦略的により安全な米領内であるグアムに基地移転をするのです。「不要になった沖縄の海兵隊の基地は、返すからその見返りとして米領内に造る新基地の建設費用を負担せよ」と要求しているのです。

「思いやり予算」を撤廃せよ

日米地位協定二四条には、米軍維持のため「すべての経費は……日本国に負担をかけないで合衆国が負担する」と定められています。施設・区域を無料で提供する以外の米軍の駐留経費は、本来米国が負担すべきものなのです。ところが、当時の自民党政府は、赤字財政で苦しんでいた米国からの要請で、一九七八年度基地内で働く日本人従業員の福利厚生費の肩代わりをしました。

法的根拠のない支出に対して、当時防衛庁長官だった金丸信が「思いやりが根拠」と発言したため「思いやり予算」という呼び名がついたのです。

それがエスカレートして、今では、日本人従業員の労務費全額を日本政府が日本国民の税金で支払っています。そればかりか、兵舎や協会などの建設費・電気・ガス・水道料なども思いやり予算で負担しているのです。

一九九五年九月の新特別協定では、訓練のための移動経費も日本側が負担することになっています。日本政府が在日米軍のために支出していた総額は、一九九五年度には六二六七億円でした。これは在日米軍の総経費の七〇％以上に当たり、米兵一人当たり一三八二万五〇〇〇円を支出した計算になりました。現在は、一体どれくらいになっているのでしょう。

在日米軍の日本側の負担額は、韓国やドイツに比べ、ずば抜けて高いので「日本に軍隊を駐留させておいた方が米国内に置くよりもはるかに安くつく」（一九九三年二月、パウエル統合参謀会議議長）のです。

沖縄基地返還、米軍の撤兵を難しくしているのは、軍事上の理由だけではなく、歴代の与党・自民党の腰抜け外交と「世界一優秀」と豪語していた霞ヶ関官僚の仕出かした仕事に大きな原因があったのです。行政改革をして無駄を省くのなら、憲法違反の軍事予算を無くし、「思いやり予算」を停止すべきです。

北朝鮮の拉致問題、北方領土問題または、尖閣列島問題にしても米軍は何らの抑止力にもなっていません。日米安保条約など破棄し、平和憲法を盾として、日本独自の平和外交を進めるべきです。

4　危険を増大させる辺野古新米軍基地

（第60号）２０１７年3月1日

二〇一七年一月、沖縄を訪れる機会があり、改めて沖縄問題を考えざるを得なくなりました。二〇一三年一月の名護市長選挙では、辺野古移設阻止を訴えた稲嶺進氏が大差で再選されました。二〇一四年の知事選では「オール沖縄」で日本政府に異議申し立てを行なった翁長雄志氏が当選しました。

辺野古の新基地建設の問題は、沖縄県民が求める県外・国外という道には目も向けず、沖縄県内移設を強行するのは、沖縄が軍事的に有利な地政学的位置にあるということではなく、政治的理由に過ぎないと民主党政権時代の防衛大臣の森本敏氏が述べています。米軍基地を受け入れる自治体が他にないから沖縄に押しつけているのです。

中国の弾道ミサイルや巡航ミサイルの射程内に位置する沖縄の基地では、高価で高性能のステルス戦闘機Ｆ22をどんなに備えても、発射から十五分間で着弾する弾道ミサイルによって基地から発射の前に破壊されてしまう危険があります。中国の軍事力の急速な進歩強化によって、沖縄は基地があることによってますます危険が増しています。

軍事的には必ずしも必要のない辺野古基地にアメリカが賛成するのは、日本以外では得られない建設資金や思いやり予算のためです。辺野古にはオスプレイだけでなく、それ以外の施設が併設されます。強襲揚陸艦の全長と同規模の長さ二七二メートルの護岸や、揚陸艇の陸揚げが可能な斜路などの軍港や弾薬搭載区域も整備されます。現在の普天間飛行場には軍港機能も弾薬搭載区域も存在しません。これは明らかに単なる移設ではなくて機能強化であり、新基地建設に他なりません。しかも、運用年数は四十年、耐用年数は二〇〇年だといいます。これは基地の恒久化であり、負担軽減どころか負担増になることは明らかです。

米軍にしてみれば最新鋭の基地を無償で作ってもらえて、滞在費から光熱費まで日本政府が税金で負担してくれるというのですから居心地の良さはこの上ないでしょう。辺野古の新基地建設費用は、政府は五〇〇〇億円だといっていますが、実際には一兆円を超すといわれています。

沖縄以外に米軍基地を受け入れる自治体はありません。だから安倍政権にとっては辺野古が「唯一の道」となり、是が非でも建設しようとしているのです。

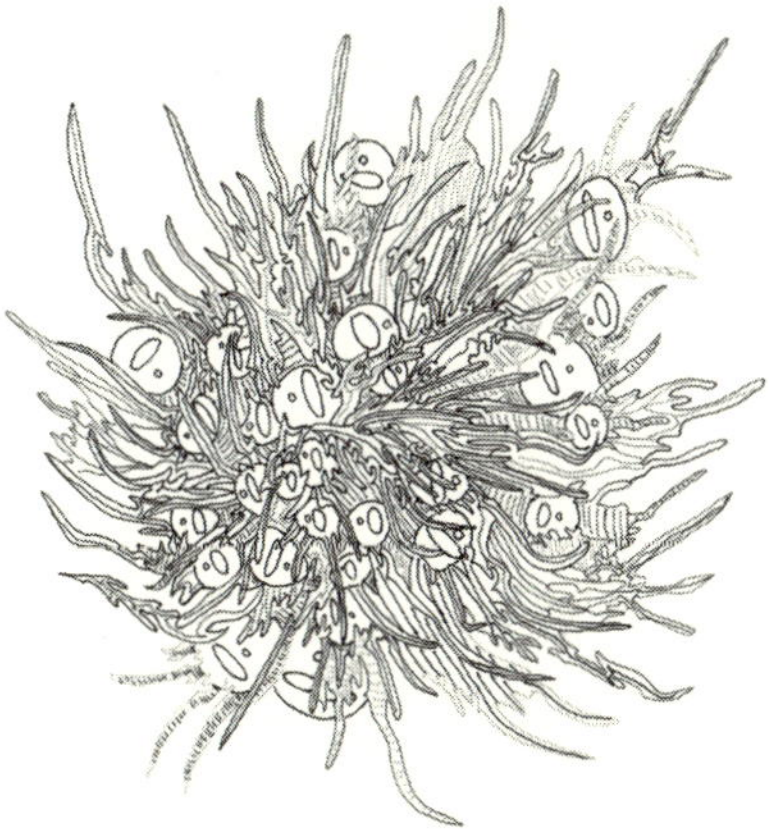

〈コラム〉

大学の自治

国立大学の役割

四月、桜の開花と共に大学入学の季節がやってきました。二〇〇五年には大学進学率は、五〇%を超え一五〇万人もの新しい大学生が誕生し、大学数も七二六校になっています。

ところが大学のレベルはバラバラで九〇分授業の間、学生を椅子に座らせておくのが困難な大学もあり、漢字がろくに読めないような学生が多い大学もある一方、卒業論文が学会誌に載ったりするような大学もあります。

大学のレベルを上げるために中教審からは「成績評価を厳しく」と答申が出されても厳しくして落第生が増え、留年者が出ると受験生が減ってしまう、落第させるとせっかくの就職がフイになってしまって教授の側も厳しくできない。「あの大学は、就職の面倒見がよい」と人気が出るとなると大勢の受験生に来て頂けるということになります。こうなると大学とは、一体何かという疑問が生じてきます。学ぶためにではなく、就職のための手段として、出るために大学に入学することが当たり前になっています。

官僚育成を目的に設立された旧帝国大学からは、毎年続々と出世主義の新官僚が生み出されてきています。今や大学は、独占資本の技術者の大量養成工場と化しています。

一〇四億八七〇〇万円、この数字は一体何でしょうか。これは〇六～一〇年度に国立＝大学に原子力関連企業から提供された原子力関連研究資金です。(二〇一二年一月二十二日毎日)原子力関係だけでこれだけの額ですから、薬業界、防衛省関連企業などさまざまな企業や団体からどれほどの資金が研究助成の名目で流入しているか測り知れません。これでは大学の自主独立・自治などは到底おぼつきません。

少なくとも国立大学は、人民大衆のためのものであり、社会の進歩と平和の砦でなければならないのです。

羽仁五郎氏の講演

一九六一年、私が医学部最終学年

の時、河野勝斉という既に大学の理事長・同窓会長を兼任していた人物が学長に就任するという事態に対して、大学の私物化反対を揚げて学生自治会が就任反対に起ち上がりました。

学生は、羽仁五郎氏を招いて「大学の自治」について講演をしていただきました。

講演のために校庭に入ってこられた羽仁五郎氏を待ち構えていた学務課長は「大学当局は学生自治会も認めていないし、本日の講演会も無許可ですからお帰り願いたい」と食ってかかったところ、羽仁氏は「こんな大学だからこそ私は話をしに来たのだ。あなたは引込んでいなさい」と一喝。

ボローニャの世界最古の大学の起源から説き起された講演は、感動的で今でもその一部を鮮明に思い出すことができます。

その後、学生はストライキに突入しました。

大学の起源

講演は、イタリアのボローニャにルネッサンスの時期、学びたいと思った学生の集りウニヴェルシタスが結成されてそれが大学の起源であるというところから、話が始まりました。現在大学は、ユニヴァシティと呼ばれていますが、このユニヴァシティはラテン語のウニヴェルシタスに語源がありますが、ウニヴェルシタスは、英語ではユニオンと訳され組合とか団結を意味します。したがってユニヴァシティと呼ばれている大学の第一の意味は、組合とか団結を意味します。第二の意味が学問の自由のための団結あるいは、組合ということになります。大学の本質の第一の要素は、ボローニャの世界最古の大学がそうであったように学生の組織なのです。第二の要素は、大学は学生の組織の機関であることです。ボローニャの大学では、成立当時の学長は、学生組合の議長でした。第三の要素は、大学教授の任免権は本来は、学生組織にあったのです。と、このような講演であったと記憶しています。

このようにルネッサンス期の最初の大学ができた当時は、学生組合を主体としていました。

次の大学の形態は、パリのソルボンヌ大学のような、教えたいという教授組合が学生を集めるというタイプでした。

第三の形態が、帝国時代のベルリ

ン大学のように国家が大学を設立して官僚や人民支配のための技術者養成の機関としてできた大学です。日本では、東大を筆頭に国立大学はこのような性格を多分に有していましたが、大学の本来の使命である学問の自由、大学の自治を完全に抑圧することはできませんでした。国家権力も教授会による大学の自治を認めざるを得ませんでしたが、それにはは大学の起源に基づくウニヴェルシタスの学生の自治が底流にあったからです。

大学の自治と学問の自由

学生や教授会が大学の自治の心を忘れ大学の自治が侵された時、かつての暗黒時代が予測されます。

現在は、戦後七〇年代までの自治を求める学生運動もなく、大学人の気魄も感じられません。

黒澤明監督の「わが青春に悔なし」や関川秀雄監督の「きけわだつみの声」などの映画を観るまでもなく学問の自由が踏みにじられた時代がいかなる時代でどのような帰結を迎えたか戦中戦後を生きた世代は痛いほど、思い知らされました。

京大を卒業後ドイツに留学、帰国後、唯物論研究や岩波書店の編集協力など言論界で活躍した哲学者の三木清は、戦争末期の昭和二十年三月、脱獄幇助の容疑で豊多摩刑務所に収監され、戦争が終っても解放されないまま、ひどい疥癬と栄養失調と腎臓病で誰も看取る者がいない独房で九月二十六日、ベッドから転がり落ちて死亡していました。四八歳でした。その三木が学問について次のように書いています。

「人が学問をするのは、本来自由独立であるための人間が真に自由独立になるためである」（学問論）と。

真の学問とは、学問の自由にあります。この学問の自由は、教師が学生に教えるといった類のものではなく、師弟関係を乗り越えて平等の立場で共に闘いとるものです。学問の自由は、個人では守ることはできません。団結によって大学を構成するすべての人たちの団結によってのみ学問の自由は守られるのです。

法学者の末川博は、『現代 学問のすすめ』（共著、雄渾社、一九六六年）で、「学問が政治や経済の支配勢力に奉仕する侍女となったり、利用される奴隷となったりする危険は、今日いよいよ増大している」と書いて、数十年前から警告を発していました。

忘れられた自治の精神

原発事故の張本人である原子力村の村人たちのごとく、東京大学を筆頭に現在の大学人は、教師も学生も大学の自治の精神を忘れ、魂を独占資本に売り渡しています。

現代社会における独占資本の集中は、資本主義国はもちろん「社会主義国」でもすべてのものを権力と財力によって自己の体制内に組入れて腐敗堕落させています。国民の声が封殺され、「民主主義」は完全に脱け殻化しています。保守政党はいうまでもなく民主勢力といわれている野党および労働組合も惨澹たる有様です。

民主主義は、構成する個々の自覚と自立が前提です。現状の責任の一端は、自治の心を忘れた私たちにもあります。

（第１号）２０１２年４月１日
（第２号）２０１２年５月１日
（第３号）２０１２年６月１日

四、日本国憲法と改憲の危機

1　出発点に立ち戻って憲法前文を読んでみよう

（第30号）２０１４年9月1日

山で道に迷った時には勇気をもって大変でもスタート地点に立ち戻れと言われています。現在の右傾化の時代の出発地点とはどこでしょうか。それは日本国憲法です。日本国憲法の中の最も大事な考え方に「民主主義」「国際平和主義」「主権在民」があります。

破壊される民主主義

私が中学生の時の教科書に文部省がつくった「あたらしい憲法のはなし」がありました。その中に第一の柱の「民主主義」について、「わずかの人の意見で国を治めてゆくのはよくないのです。国民ぜんたいの意見で、国を治めてゆくのがいちばんよいのです。つまり国民ぜんたいが、国を治めてゆく、これが民主主義の治め方です。」

西部劇によく出てくる「俺が法律だ」といって町を牛耳っているボスよろしく安倍首相は「最高の責任者は私だ。私は責任者であって、その上において、私たちは選挙で国民から審判を受けるんですよ」（二〇一四年二月十二日衆院予算委員会）と云い放って特定秘密保護法、原発再稼働、解釈改憲による集団的自衛権行使容認と民意を全く無視する民主主義を根底から突き崩すような手法で暴走に暴走を続けています。

国会の承認も得ないで、首相の独断で憲法九条の抹殺ともいうべき集団的自衛権行使容認を閣議のみで決定するなどまさにこれこそ憲法違反です。

無関心は許されない

二番目の柱は「国際平和主義」でした。これは「世界中の国が、いくさをしないでなかよくやっていくこと」です。日本の「憲法では、日本の国が、けっして二度と戦争をしないように、二つのことをきめました。その一つは、兵隊も軍艦も飛行機も、およそ戦争をするためのものはいっさいもたないということです。これからさき日本には、陸軍も海軍も空軍もないのです。これを戦力の放棄といいます。」

航空母艦、オスプレイ、ミサイルまで配備する自衛隊は軍隊ではないのでしょうか。米国に押しつけられて生まれた自衛隊が世界有数の軍事力を持つに至っています。それが、今回の集団的自衛権行使容認によって「戦争のできる国になり、外国に出ていくさをするというのです」。

しかし、この状態になるまで、戦後六十年にわたって許し続けてきたのは私たち日本国民です。私たちは、ここで立ち止まって未来の子どもたちのために、自分たちの生き方を考え直して政治を正すべきです。無関心は許されません。

トルストイは「戦争というものは、最も卑しい罪過の多い連中が権力と名誉を奪い合う状態をいう」と言っています。戦争は戦争を生みます。そして常に犠牲になるのは庶民です。

権利と責任

三番目の柱は「主権在民」です。「国を治めてゆく力のことを主権といいますが、この力が国民ぜんたいにあれば、これを主権は国民にあるといいます。」「主権をもっている日本国民のひとりであるということに、ほこりをもつとともに責任を感じなければなりません。」

私たちは日本人としての誇りと責任を持って生きているでしょうか。

日本全体が株式会社化してしまいました。民主主義より、いかに日本企業が収益を上げて株価が上るかが、政治課題としては優先順位が高いのは当然だと多くの日本人が考えるようになってしまったのです。民主主義、民主主義などといっていては、日本経済は立ち直らない、効率的に金儲けをするためには安倍の暴走も止むを得ないというのが日本人の本音のようです。

国民が政治のことはいいから景気を何とかして欲しい、「とにかくお金がたくさん入って、いい暮らしがしたい」と政府・国民が一丸となって「お金、お金」といっている限り、安倍内閣は安泰です。日本国民の頭の中には「経済成長がなければ日本は滅びる」という迷信ががっちり根を張っています。したがって民主主義が破壊されようと、平和主義が否定されようと、「景気をよくしてくれるのなら安倍内閣でいいよ」と支持率は下らないのです。
国民に選ばれたと称する自民党の国会議員は、大臣の椅子と自民党公認のお墨付きの前にことごとくイエスマンに成り下って国民の代表の資格をかなぐり捨てて恥じていません。
世界中のメディアが、武器輸出三原則を捨て、原発事故の原因究明も終らない中で原発輸出をし、非民主的手段で平和憲法を踏みにじり、南京大虐殺・従軍慰安婦問題などの歴史認識を改めようとしない安倍政権をどれほど非難糾弾しようとも、日本のマスメディアはその事実を国民に知らせようともしていません。社会の羅針盤であるべき新聞社もテレビ局も民主制を守るより、自らの新聞社を守り、局を維持することの方が重要だと思っているのです。記者魂よ、今いずこ。

（第36号）２０１５年3月1日

2　憲法第九条を素直に読んでみよう

平和の礎・憲法第九条

もう一度、憲法第九条を素直に読んでみませんか。

第九条（戦争の放棄、戦力・交戦権の否認）
日本国民は、正義と秩序を基調とする国際平和を誠実に希求し、国権の発動たる戦争と、武力による威嚇又は武力の行使は、国際紛争を解決する手段としては、永久にこれを放棄する。

②前項の目的を達するため、陸海空軍その他の戦力は、これを保持しない。国の交戦権は、これを認めない。

日本国憲法には戦争をやらないために陸海空の軍隊は持たない、戦争はしないと明確に書いてあるのにもかかわらず、集団的自衛権を行使するということは、同盟国すなわち友達の国が攻撃されたら自衛隊を派遣して助けに行くということです。ところが日本の周辺の韓国にしても、中国にしても、敵対関係であっても決して友達ではありません。台湾、フィリピン、ベトナムにも戦争責任を果してこなかった自民党政治の結果、仲の良い友達にはなれませんでした。アジアの中で孤立してしまって、日本には悲しいことに友達がいないのです。

そこで、太平洋の向うの米国の強大な軍事力と核の傘の下に入って、ポチのように尻尾を振って守ってもらいながらアジアの人たちを見下すという外交をしてきました。お世話になった米国にゴマをすろうというのが集団的自衛権です。

これまでの歴代の自民党政府は戦争放棄、戦力不保持、交戦権否認を謳った憲法第九条の下では、さすがに自国が攻撃されていないのにもかかわらず他国を防衛するという意味での集団的自衛権を行使することは、憲法改正なしには不可能であるといい続けてきました。

そもそも「自衛権」という語句は憲法には記載されていません。素直に第九条を読めば自衛隊そのものが憲法違反であることは誰にでも解るはずです。自国が攻められてもいないのに、憲法上は無いはずの自衛隊を派兵して他国を防衛することは、その他国を攻撃した国との関係でいえば日本が先制攻撃をすることに他ならないのです。

戦争放棄・交戦権を否認した第九条を改正することなしに、閣議決定した集団的自衛権の実効性はないのです。憲法第九条の条文を変えることなしに集団的自衛権を行使できるように解釈を大転換することは明らかに憲法違反です。

憲法は国家の最高法

集団的自衛権を容認するとしたら、憲法第九六条に規定された憲法改正の手続きを踏むことなしにはできません。立憲主義にのっとって「憲法で国家を縛る」「政治権力は憲法に従って行使されなければならない」このような考え方は世界的な常識です。憲法は国家の基本的原則を定めた基礎であり最高法です。

ここで憲法の第九八条と第九九条を読んでみましょう。

第九八条（最高法規、条約、国際法規の遵守）

この憲法は、国の最高法規であって、その条規に反する法律、命令、詔勅及び国務に関するその他の行為の全部又は一部は、その効力を有しない。

第九九条（天皇・公務員の憲法尊重・擁護義務）

天皇又は摂政及び国務大臣、国会議員、裁判官その他の公務員は、この憲法を尊重し擁護する義務を負ふ。

選挙で勝った安倍首相は「最高責任者は私」と発言して、民主国家の基盤である日本国憲法を尊重・擁護するどころか憲法解釈は思うまま、特定秘密保護法による人権侵害もどこ吹く風と国内ではやりたい放題、国際的には一層の孤立を深めています。憲法第九条を守るのは日本国民の責務です。

3　自由民権運動と五日市憲法草案

（第45号）２０１5年12月1日

（第46号）２０１6年1月1日

自民党は改憲を党の目標として結党された党です。それを現実の政治課題にしたのは安倍政権が初めてでした。自民党は改憲を目指す党から、改憲を実行する党に変身を遂げました。明文改憲路線に踏み切ったことで憲法が政治の争点の中心となり、国民は現行憲法や九条について、また立憲主義についで議論を深めることになりました。安倍の政治主義路線は国民の政治意識を目覚めさせ、民主主義は活性化しました。六〇年安保闘争に似た状況が生み出されています。私自身も憲法について深く考えるきっかけになりました。

自由民権運動の地、五日市を訪れる

秋晴れの十一月六日、民主主義国家の原点を探りに夫婦二人で「あきる野市」五日市を訪れました。

先ず警察署裏の「五日市郷土館」二階の「五日市憲法草案」のコーナーで予備知識を得て、三内川に沿い四キロ程歩くと深沢集落があります。右側に東照山真光禅院があり、橋を渡ると立派な木造の門があります。くぐり戸から中に入るとそこが、深澤家の屋敷跡です。

深澤家は江戸時代の中頃に名主をつとめ、山林地主として財をなした旧家です。名生《なおまる》・権八《ごんぱち》親子は五日市の民権思想の学習活動におけるリーダー的役割を果しました。

屋敷跡には土蔵・門・塀・倉庫が今も残っていて江戸時代後期の名主屋敷の面影をわずかにとどめています。部落の民家から一段高まった所に屋敷跡があり、さらに石垣を積み上げた高みに屋敷を見下すように深澤家の墓所があります。

権八の墓は一風変っていて、普通なら「深澤権八之墓」と彫るべきなのに「権八・深澤氏之墓」と刻まれていました。身内なら深澤氏と「氏」をつけたりはしないのでこれは、明治十三年に全国的に盛り上った自由民権運動の中で、五日市にも結成された五日市学芸講談会という結社の若きリーダーを偲んで同志たちがつけたものだろうと「五日市憲法草案」を発見した東京経済大学の色川大吉教授（当時）はいっておられます。

明治十年代には、政府機関とは別に在野で作りあげた憲法（私擬憲法）が四十数種類もあったのです。「五日市憲法草案」もその一つです。これが一九六八年に色川教授らのグループによって深澤家の屋敷跡の古い現存する土蔵の中で発見されたのです。この憲法は二〇四条もある長大なもので、起草者は「陸陽仙台・千葉卓三郎草」とありました。

五日市学芸講談会

江戸幕府が崩壊して新政府が誕生しましたが、政治や社会の急激な変化は地域社会にさまざまな混乱をもたらしました。明治になって十年が経っても憲法もなければ国会も開かれず、国民は政治に参加する権利も与えられていない状態が続いていました。

その上、国民には重い税や徴兵の義務が課されて、人民の間には大きな不満が満ちていました。このような状勢の中から人民の政治参加を求める運動が全国で巻き起こりました。これが自由民権運動です。

自由民権運動の高まりの中で明治十三年に五日市にも五日市学芸講談会が結成されました。新しい自由民権思想の学習会です。旧家の子弟の中から生きのよい、感受性豊かな青年たちが集まっていました。参加者の七割は十代、二十代の若者でした。深澤権八はその若きリーダーの一人でした。講談会には若者ばかりではなく、老人先輩も、富者だけでなく貧者も参加していました。

学芸講談会の構成員の特徴としては、勧能学校の教員グループの参加があります。旧仙台藩士の永沼織之丞や五日市憲法草案を書いた千葉卓三郎もその中の一人でした。これらのメンバーの間で喧喧諤諤の若々しい討論が展開されていたと想像されます。国家権力と天皇権が確立した明治二十年代には到底考えられないことで、夢の時代の熱気が伝わってくるようでうらやましく思われます。

千葉卓三郎

五日市憲法草案を書いたのは、千葉卓三郎という人物でした。

卓三郎は嘉永五（一八五二）年仙台藩士の子として生まれています。十一歳で大槻盤渓について漢学を学び、十七歳で戊辰戦争に参加して敗戦のうき目にあいました。その後は医学、国学を学び、浄土真宗を聞き、明治四年から八年の間にギリシャ正教に接し、上京してロシア人ニコライについてロシア語とキリスト教を学んでいます。

彼のキリスト教から学んだものは狭義の宗教信仰より、西欧的知性と社会的活動であり、人権意識に目覚めた近代的教養でした。

明治十年前後に秋川谷に現われ、五日市周辺の学校に短期間転々と勤めた後、明治十三年四月、五日市勧能学校の教師として赴任して五日市に住むようになると、卓三郎は深沢村の深澤名生・権八親子と親交を深めていきました。明治十五年結核が進行して、療養を始めましたが、明治十六年三十一歳で死去しました。

深澤父子と千葉卓三郎

深澤権八は深沢村の名主・深澤名生の長男で文久元（一八六一）年に生まれ、勧能学舎第一期生です。十五歳で深沢村用掛り（村長相当）に任じられています。

深澤家はこの地方の有力な山持ちで、当主の名生は開明的な知識人でした。材木などの商用で上京した際に買求めたと思われる大量の書籍は膨大なもので、当時東京で出版された新刊書の七〜八割が揃っていて、あたかも私設図書館の如くでした。それが「五日市憲法草案」と共に深澤家の土蔵の二階から出てきたのです。深澤権八・千葉卓三郎はじめ学芸講談会のメンバーはこの書籍を自由に読んで学習することができたのです。

卓三郎と深澤親子の出会いは明治八年～十年の頃と思われますが、父・名生は卓三郎を高く評価し、秀才で早熟であった権八は師として敬っていました。鋭くはあっても頑《かたく》な一面のある卓三郎も深澤父子には心を開き、父子も終始変わらない支援者であり続けました。

権八は講談会の幹事を務めると共に、五日市地域の自由民権運動の若いリーダーとして活動すると同時に卓三郎を助けて「五日市憲法草案」づくりに力を注ぎました。明治二十一年神奈川県議会議員に選ばれましたが、二十三年に二十九歳の若さで亡くなりました。

「五日市憲法」の法の精神

「日本国民ハ各自ノ権利自由ヲ達ス可シ、他ヨリ妨害ス可ラス、且国法之ヲ保護ス可シ」

この「五日市憲法草案」の条文は現在の日本国憲法第十一条の「国民は、すべての基本的人権の享有を妨げられない。この憲法が国民に保障する基本的人権は、侵すことのできない永久の権利として現在及び将来の国民に与えられる」と較べてもひけをとるものではありません。この草案の中にはこの他に国民の基本的な自由や権利の条文は三二項もあり、まさにこの憲法の精神はこの条文に象徴されています。

地方自治については「…府県ノ自治ハ各地ノ風俗習例ニ因ル者ナルカ故ニ、必ラス之ニ干渉妨害ス可ラス、其権域ハ国会ト難モ之ヲ侵ス可ラサル者トス」と明確に書かれていて、地方の自治権の絶対性と不可侵性を強調しています。

沖縄の辺野古の新基地建設も原発再稼働も民意を無視し、地方自治を踏みにじる安倍内閣の暴挙です。一三〇年前の自由民権活動家たちも墓の下で苦笑していることでしょう。

4　安倍壊憲内閣は憲法第九条に照準を当てた

（第11号）２０１３年2月1日

二〇一二年十二月の総選挙では自民党が圧勝したかに見えますが、これは国民が自民党を支持したわけではありません。民主党があまりにも無残な失政を行なったための失望が裏返しになって自民党に票が流れただけです。それにしても選挙の争点になるべきであった原発と憲法が霞んでしまったことはかえすがえす残念でなりません。

安倍晋三首相は、解釈憲法によって米国が要求している集団自衛権の行使は可能であると強硬に主張してきた政治家です。その彼が二度目の政権に返り咲き、今度こそと狙っている最大の焦点は、壊憲によって排外主義の軍事大国を名実共につくり上げることです。

昨年（二〇一二年）九月、石原前都知事の「尖閣発言」に続いて、閣議決定による「尖閣国有化」によって中国の反日運動が高まると日本の世論は一気に愛国主義に覆われ「中国を許すな、尖閣を守れ、武力も辞するな」とマスコミは排外主義を煽りたてました。マスコミ内部のリベラル派の「武力衝突は避けるべし」「誠意の話し合いで解決を」の声はすっかり影をひそめてしまいました。尖閣・竹島問題は安倍首相にとっては格好の好材料なのです。

六月の参院選挙までそつなく過して、もし自民党が勝つようなことになれば安倍首相が狙っている当面の目標は、憲法第九六条です。安倍首相は十一月の党首討論で、憲法改正規定を定めた第九六条を先ず改正をして、衆参両院で三分の二以上が賛同しないと改憲を発議できない点を、二分の一で発議できるようにすると公言しています。九六条を突破口として一気可成に九条改憲を目論んでいるのです。

しかし、憲法第九九条を読んでみて下さい。

第九九条　天皇又は摂政及び国務大臣、国会議員、裁判官その他の公務員は、この憲法を尊重し擁護する義務を負ふ。

したがって総理大臣や国会議員が議員を辞職して一人の民間人となって憲法改正をいくら叫んでも構いませんが、公務員としては最高位ともいえる首相が記者会見で憲法を改正して自衛隊を軍隊にするなどと発言すること、そのことが憲法違反なのです。

平和憲法九条を守ろうとするならば私たちは今一度憲法を読み直してみましょう。特に今、前文と九六条と九九条に注目です。

5　憲法改憲のもう一つの目玉――緊急事態条項の新設

（第52号）２０１６年7月1日

参議院選挙が迫ってきました。安倍政権は参院選に勝って、衆・参共に三分の二以上の議席を獲得したら、憲法改悪の速度を速めるでしょう。そこで私たちは原点に立ち戻って、憲法とは何かを見直してみましょう。

立憲主義をよく理解しよう

五月三日の憲法記念日の朝日新聞の一面にこんなクイズが載っていました。

「国民は憲法を守らないといけない。○か　×か」

皆さんはどう答えられましたか。正解は×でした。以下朝日の記事。

「法律は国民が守らなければならないが、憲法は違う。憲法は、国民が首相や大臣・国会議員などの為政者に守らせる約束事。作用する方向が正反対なのだ。」

「憲法には政治権力がしていいことと、いけないことが書いてある。権力を憲法で縛り、暴走を防ぎ、国民の基本的人権を守る。」

これが「立憲主義」の基本的な考えです。

いうまでもなく、安倍晋三首相の狙いは憲法九条の改悪ですが、これと同等かそれ以上の危機を孕んでいるのが、非常時における緊急事態条項の新設です。緊急事態条項は改憲案の目玉といっていい程重要な条項です。この条項は日本と民主主義を守るどころか独裁者を誕生させる危険を伴っています。

そこで自民党憲法改正草案（二〇一二年、以下改憲草案）の緊急事態の条項を見てみましょう。

「改憲案九八条

内閣総理大臣は、我が国に対する外部からの武力攻撃、内乱等による社会秩序の混乱、地震等による大規模な自然災害その他の法律で定める緊急事態において、特に必要があると認めるときは、法律の定めるところにより、閣議において、緊急事態の宣言を発することができる。」

「改憲案九九条

緊急事態の宣言が発せられたときは、法律の定めるところにより、内閣は法律と同一の効力を有する政令を制定することができる……」

自民党の改憲草案によると、緊急事態が宣言されると、内閣が国会の代わりに法律と同じ効力を持つ政令をつくれることになるのです。国権の最高機関である唯一の立法機関から立法権を奪い、国民の基本的人権や自由を制限することができるようになるのです。憲法によって制限されている国家権力が自由勝手に何でもやれるようになる、という条文を入れているのです。

例えていえば、憲法によって縛られて、おとなしく檻に入っていた国家権力という虎が、緊急事態宣言によって檻から出た時、宣言が解除された際に再びおとなしく檻に戻ってくればよいのですが、暴力的被害を国民に及ぼす危険性もあり、やりたい放題をして檻に戻らない可能性もあるのです。

法が終ると暴政が始まる

ヒトラーが首相に任命されて最初にとった行為は、緊急事態を発令することでした。そしてそれは二度と解除されることはありませんでした。ヒトラーは、数々の犯罪行為を全く処罰されることなく犯すことができました。それは緊急事態ということで、彼の行為の全ては合法だったのです。ドイツ国民は、緊急事態に服従して個人的自由の諸権利を奪われていたのです。

中国は一党独裁の共産政権国家です。一九八九年、民主化を求める学生を中心とした民衆が天安門広場に結集しました。これに対して、中国共産党は戒厳令（緊急事態と同じ）を発令。デモを取材していたメディアには報道規制が行なわれました。その後、人民解放軍が市民・学生を戦車で踏み殺し、銃撃して多数の死傷者と逮捕者を出しました。

嘘を平気でつき、断定的で強圧的な語り口で、他人の云うことには一切耳を貸さない為政者が過去にも現在にもいます。彼らは一見強そうに見えますが、決して強くありません。一皮剥げば弱い人間です。このような人間にどうして大衆は支配されるのでしょうか。それは、強圧的な支配によって、大衆の心情を掌握する術策に長けているからです。また、選挙のための党の公認候補になるために自民党内でも党員は支持率の高い党首に盾つけません。

今やＮＨＫは安倍政権放送局に成り下がりました。現政権に都合の悪いことをいう国谷裕子、岸井成格、古館伊知郎等のテレビキャスターは次々と降板させられました。大新聞もあからさまには安倍攻撃はできず、権力迎合の自主規制の姿勢が強まっています。

身についた品性によることなく資金力と数の暴力によって獲得した権力は、そこにあぐらをかいているうちに必ず堕落し、腐敗して転落します。怖ろしいのは独裁者を陰で操っている大資本とそれを支える官僚の存在です。

法が終ると暴政が始まります。最も卑劣で悪質な独裁者は、その国の愚かで卑怯な多数の国民に支えられて生まれます。全ての権力は人民のものでなければなりません。緊急事態条項の新設を絶対に許してはなりません。民衆よ、共に強く賢くなろう！

6　平和憲法第九条は世界の宝——反戦平和の声を挙げよう！

（第57号）２０１６年12月１日

二〇一六年七月十日の参議員選挙で、衆・参両院の改憲勢力が三分の二を超えたのを機に、安倍政権はいよいよ憲法改正の実質的作業に着手しました。日本が名実共に戦争をする国に生まれ変わろうとしているのです。私たちは正に歴史の転換点に立っているのです。

軍事国家体制は着々と進む

安倍首相が唱える積極的平和主義なるものは、言い換えれば戦争をすることによる安全の確保であって、明らかに平和と矛盾します。戦争になれば人が死にます。人間が殺し殺されます。

それに対して戦争を避けつつ安全を確保するのが消極的平和主義です。日本は戦後一貫して平和憲法の下で消極的平和主義を通してきたのです。そのお陰で日本人は、戦争で一人も殺されなかったし、殺しもしませんでした。これからはそうはいかなくなる気配がしてきています。

安倍内閣は大多数の国民が反対し、ほとんどの憲法学者が違憲であると指摘した集団的自衛権行使を容認する安保法制を強行採決で成立させました。これは自衛隊を米軍の手先として積極的に活用したいからです。

そもそも積極的平和主義なるものは、米国のお決まりの遣り口なのです。イラクやアフガニスタンのように先ず敵を名指しでつくっておき、自国を守ると称して攻撃を仕掛けるのです。その結果、世界中に戦火が広がり、悲惨な殺し合いが毎日各地で行なわれています。その積極的平和主義の手先に、自衛隊をすすんでしようとしているのです。

安倍首相は、強固な軍事国家体制を整えるために特定秘密保護法を制定し、国家安全保障会議（日本版ＮＳＣ）を創設して着々と国家管理を強めています。これは憲法を改悪して自衛隊を強力な国防軍に作り上げるための基礎固めとして必要だと考えたからです。

安倍政権によって「武器輸出三原則」がなし崩しに骨抜きにされたのを境に、戦前に兵器を製造していた企業が「死の商人」として利益を得ようと兵器産業に力を入れ始めました。稲田朋美防衛大臣（在任二〇一六年八月〜一七年七月）の夫は、兵器産業企業の株を大量に購入しているそうです。二〇一七年度の防衛費は過去最大の五兆一六八五億円になりました。一方、教育予算は減額されていますから、大学の研究費不足も目立ってきました。その足元を見るかのように、軍事技術に応用できる研究を助成する「安全保障技術研究推進制度」の予算は一六年比、一八倍の一一〇億円に急増しています。安全保障法制の下で大学や研究機関が、予算欲しさに軍事研究を受け入れようとしている傾向が見受けられます。しかし、多くのマスコミは見て見ぬふりです。国会で提出される黒塗りの報告書と同じように、国民は目隠し同然の状態に置かれているといっても過言ではありません。

遂に来た、海外武装派兵

とうとう自衛隊員が武装して海外に派兵されることになりました。いつ最初の犠牲者が出るのでしょうか。北海道旅行の際見かけた光景は、自衛隊員への応募が減ったため、隊員募集のキャンペーンのため函館の市電の一車両全部を広告で埋め尽くしていました。このように入隊者が減ってくれば米軍の要求に応えるためには徴兵制を敷くことになります。そのため自民党の憲法草案には、国防軍の設置が明記されています。

日米安保法によって軍事情報を共有する米国の要請もあって、安倍政権は「特定秘密保護法」を制定しました。「特定秘密保護法」は「スパイ防止法」と戦前の「治安維持法」が一緒になった総合情報規制法です。正当な取材活動かどうか、捜査当局の拡大解釈によって記者の取り締まりもできるようになります。また安倍内閣はテロを取り締まることを口実にして、「共謀罪」の成立を目論んでいます。まさに戦前の復活です。

主要な政治課題は、国会に諮るのが当然のことです。それは政治の決定権を有しているのは国民だからです。ところが安倍内閣は「特定秘密保護法」も「安保法制」も「ＴＰＰ」等も十分な国会審議をせず多数で暴力的に押し切って成立させました。まさに一党独裁体制です。自民党の党内にも反対する者はいません。これは民主主義の破壊です。選挙で多数の議席を占めたからといって、国民が全権をゆだねたわけではありません。このやりたい放題のでたらめを許しているのは日本中にはびこっている「お任せ主義」であり、私たち国民の政治への無関心です。

憲法第九条がなかったら、朝鮮戦争、ベトナム戦争、湾岸戦争、イラク戦争、全ての戦争に参戦させられていたでしょう。憲法第九条は、多数の日本人と膨大な数のアジアの人々の犠牲を生み出した大東亜戦争の反省の中から生まれた世界に誇ることのできる宝物です。地球上から戦争をなくすためにはなくてはならない崇高な理想です。その第九条が、今、まさに風前の灯です。今、日本国民は目を醒まして平和を自らの手で創り出すために起ち上がる時です。

第三章

私の出会った人々

（乾律子）

（1）大祐さんと庭木の手入れ

（第2号）２０１２年5月1日

長い人生の中で、大勢の素敵な方々との出会いがあった。

「水撒きは、霧雨が地面に沁み込むようにゆっくりと時間をかけて撒かないと……」

水撒きをすると、大祐さんのこの言葉と、地面に直に坐り込みホースの先を指で押さえゆったりと散水していた姿を思い出す。

草木が好きで、いつからか我が家の庭木の手入れをしてくれるようになった。がっしりとした大きな体躯でちょっと恐いような印象だが、心根の優しい人だった。木の根元にヒトリシズカやバイモなど種々の山野草を植え、私の野草への目を開かせてくれた。野草のひっそりとしたたたずまいにすっかり魅せられて、仕事の合間に庭いじりをするという幸せを教えてもらった。

頑強な体に似合わず蛇が大嫌いで、椎の手入れをしていて青大将に出会ったと真っ青な顔で木から降りてきたことがあった。

大祐さんのしだれ桜（撮影＝乾達、以下同）

診療所の建て替えの折、移植した楠を心配して毎日ようすを見に通ってくれ、いとおしむように見上げていた姿が目に浮かぶ。落成記念にと探してきてくれたしだれ桜は、毎年見事な花を咲かせてくれる。「ああ、これは大祐さんが……」となつかしさが胸一杯に広がる。

そこに大祐さんの魂が宿っているように思われてならない。

（2）小学六年担任小島勝治先生

（第3号）２０１2年6月1日

小学校を卒業してから六〇年、本当に久し振りにクラス会に出席した。クラス会の名は「和月会」。集まったのは少人数だったけれど兄弟姉妹の集いのように温かく、居心地がよかった。こんなクラス会を私は他に知らない。これは六年一組、小島学級の雰囲気そのままだなあと思った。

終戦後五、六年のその頃は、今思うと、みんな貧しく、いろいろな不幸を抱えた家族も多かったが、教室の子どもたちは、和気あいあいとして、とても明るかった。授業中教室の中をぐるぐる徘徊している子がいたり、勉強は全然しないけれど鉄棒はクラス一番という子がいたり……でも、あまりいじわるな子はいなかったし、いじめなどは全く存在しなかった。担任の小島勝治先生は、どの子どももそれぞれに愛してくれた。四、五、六年と続けて三年間同じクラスの受け持ちだった。私は、五年の十二月に転校してきたが、和やかな教室の雰囲気にすぐなじむことができた。

どんな勉強をしたかはほとんど覚えていないけれど、授業の合い間に話してくれたことの幾つかはとても印象深く心に残っている。その一つにこんなことがあった。

「嘘をつくことは悪いというけれど、本当に悪いことなのだろうか」と先生は教室の子どもたちに尋ねた。嘘は悪いと単純に信じていた私は先生がなぜそのような問いかけをするのかがよく解らなかった。先生は、いろいろな場面について考えさせ、私は子ども心に強いショックを受けたことを思い出す。

患者さんと接する仕事をするようになり、診断のつらい結果を話さなければならない時、ふと小島先生の問いかけを思い出す。嘘をつかず、相手を傷つけないように事実を伝えることの難しさと、つらい真実を伝えた時の最後までのフォローの大切さを思わずにはいられない。

小島先生は亡くなられたけれど、その思いをつないで毎年のクラス会を続けてくれた級友たち。「本当にありがとう。この会の素敵な雰囲気は、小島先生の残されたものだね」と言う私に、世話役の洋子さんは「そうよ。先生が私にこの会を続けて行くように言ったとき『その役、私みたいな馬鹿でもいいんですか』って言ったら、『そんなことは馬鹿じゃなきゃできないよ』っておっしゃった。先生との約束だから、私こうして和月会を続けてきたのよ」という答えが返ってきた。先生がこれを聴いたらどんなに嬉しいだろうか。先生の思いに見事に応えて、和月会を続けてきた級友たちに心からの感謝を捧げたいと思う。

(3) 母と手相占い

（第4号）2012年7月1日

私が高校三年生のときのことである。仲よしの友だちと休日の上野にいた。どこかへ行く途中だったかもしれないし、その友だちの家へ遊びに行った帰りだったかもしれない。あまり目的もなく、ブラブラと夕方の街を歩いていた。みちばたに手相見のおじいさんが座っていて、面白半分に手相を見てもらった。

「生命線は切れずに長く伸びているから長生きをするねえ。知能線が広く開いていて、職業を持って仕事をするのに向いているよ。経済的にも特に悪くはないでしょう。問題は感情線だ。こうして乱れて切れているだろう。精神的に苦労をするね。結婚しても、離婚することになるだろう」というような占いだった。

おじいさんの顔も覚えていないし、友だちが何と言われたかも全く記憶にないが、自分の言われたことは奇妙に鮮明に覚えている。それは、そのあとの母とのやりとりのせいかもしれない。その日、家に帰って、手相のことを冗談半分に笑いながら話すと、母はまじめな顔で「あなたの手相に離婚すると出ていたということは、あなたにそういう性があるということでしょう。離婚する原因があなたの中にあるということですよ」と言った。

母は、一本気で融通が効かず気の強い娘を諌めるつもりだったのだろうか。遊びでした手相への感想としては重く、母のこの時の私への対応も印象に残っている。長い結婚生活の中で、別れて出て行こうかと思ったこともある。そんな時に、普段はすっかり忘れ果てていたはずの、この時の母の言葉を思い出した。「別れる原因はあなたの中にある」と。その言葉は、私の思いつめた感情をふっと解き放ち、もう一度、自分の来し方、あり方を考えさせる力があった。

　小学校しか出ていず、生涯、学問と文学に憧憬を持ち続けていた母から私へのもっとも大切な贈り物の一つであったと思っている。

（4）朝比奈一代さんと草木染

（第5号）２０１2年8月1日

　一代さんと出会ったのは、精神障害者の憩いの場「どんぐり」の活動の中だった。当時、朝比奈一代さんは「どんぐり」で編物教室を開いていた。私は何か自主製品が作れないかと一代さんに相談し、そこから草木染への挑戦が始まった。知識も経験もない全くの素人が、本をたよりに、糸を染めてみると、思いのほかよく染まった。喜びで胸が一杯になり興奮して一代さんに電話したのを覚えている。彼女は私と一緒にとても喜んでくれた。

　染めた糸を編んで作品にしてもらうということで、日に何回も電話のやりとりをした。ほとんどが染めについての私の悩みや迷いを聴いてもらったと思う。彼女は静かな優しい口調で辛抱強く応対してくれるよい聴き手であった。

　染めに大分慣れ、これなら何とかやっていけるかなと思えるようになったある日、染め上がった糸をみて絶句した。糸は今までになくひどいムラで、とても使いものにならない。糸も今までの苦労も全く無駄になってしまい、泣きたいような気持で、染め上がりを楽しみに待っている一代さんに電話をした。「ごめんなさい。とんでもない失敗をしてしまって」と謝る私のところへ、一代さんはすぐ駆けつけてくれ糸を見て即座に「大丈夫、斜め編みにすれば」と事もなげに言って持ち帰った。出来上った作品は絣のような雰囲気を持ち美しく仕上っていて私を驚かせた。

　一代さんの優れた技術と創造力のおかげで、未熟な私の草木染めは素敵な作品に変身していった。色々な太さの糸で、機械編み、手編み、鉤針編み、マクラメとそれぞれの特徴を生かして、ショール、ランチョンマット、クッションカバーからバッグまで多彩な作品が創り出された。まるで魔法の手を持っているようだった。

彼女の強い支えと変わらぬ信頼を寄せての励ましのおかげで、ともすれば挫けそうになる私は草木染の仕事を続けることができた。やがて、どんぐりのメンバーも加わって染めの作業をするようになり、布を染め、Tシャツを染め、絞りをし、「楽遊工房」と名づけられて、活動の一時期を築いた。

朝比奈一代さん。

彼女は私にとって、親友というより、一緒に一つの仕事を成し遂げた同志というのがふさわしいと思う。重い精神障害の娘さんを抱えての生活はどんなに大変だったろうか。苦しみや悲しみに堪えてきた人生が、彼女の中に静かな優しさをたたえた本当の強さを育んだのだろうか。

(5) 姑と「もてなし」

(第6号) 2012年9月1日

自宅から大学へ通い、学生のまま結婚・出産をして、三〇歳で四人の子どもを抱え、双児をお腹に婚家へ入った。それまで他人の中で暮らしたことのなかった私は、いつも自分を理解してくれる人たちの中で生活してきたためか、ぼんやりしていて他人に心を使うということに疎かった。自分が気持よく感じられれば、相手も心地よいものと単純に思い込んでいられるほどのんき気だった。

はじめて他人の中で生活するようになって、姑からどの位たくさんのことを教えてもらったかしれない。その中でも特に心に残っていることの一つは、「他人をもてなす」とはどのようなことかを、姑の行ないのなかで見せてもらったことである。

来客はどのような用事で見えた方も、姑と話すことを喜んだ。どんなに忙しい予定のある時でも、そんな気配を感じさせない、ゆったりとした優しい雰囲気で客の話に相槌を打ちながら耳を傾け、相手の用件が済むまでおだやかに話をした。姑が来客に嫌な顔をするのを私は見たことがない。

姑は「私は誰方にお会いする時も、一期一会の思いでお会いしてきた。だから、自分がこの世を去るときには、社会的な仕事もしていないので、誰方にもお会いしなくてよいし、誰方にもお知らせすることも無い。その方が私の死を知るまで、私はその方の中で生き続けさせていただけるのだから」と話してくれた。

母の亡き後訪ねて下さった方々はみな異口同音に「大奥様は、私と会うのをとても喜んで下さった。私を本当に親しく思っていらした」とおっしゃる。

私はと言えば、自分の子育てと仕事で手一杯、とても私には務まらないとすっかり自信をなくしていた。ある時、親しくお茶をしながら、とても姑のようにはなれないと落ち込む私にこんな言葉を下さった方がある。

「絹には絹の美しさがあり、木綿には木綿のよさがあると思いますよ。」

その言葉は私の心に深く響き、以来、私の心の宝石としてとどまって励ましてくれる。あるがままの自分を受け入れ、自分らしく成長することが大切なのだと。

舅姑が眠る富士霊園の桜と富士山

（6）安曇野のマサコさん

（第7号）２０１２年10月1日

二年前の連休に思い立って長野県安曇野に、夫・達と二人で出かけた。晴れた空に山々が美しく、水も澄んで豊かに流れていた。

休日に出かけたことのなかった私たちは観光スポットのわさび田へ行って、あまりの車と人の多さに驚いた。立ち往生しているタクシーを降り、歩いて駅の方へ戻ることにした。

町の景色や道祖神を眺めているうちに道に迷って

方角がわからなくなってしまった。誰かに道を尋ねようと歩いていると、庭の手入れをしている方を見かけたので声をかけた。広い庭には芝桜が一面に咲いていた。芝桜はあまりに色が鮮やかすぎて好きな花ではなかったが、その庭一面の芝桜はとても美しいと思った。「お花が見事ですね」と声をかけると、その方は振り向いた顔に満面の笑みを湛えて「裏の方がもっとたくさんあるんですよ。よかったらどうぞ」と中の方へ誘って下さった。その言葉に甘えて庭に入った。立派な古木の間の苔が美しく、深山オダマキやホタルブクロなどの野草もさりげなく植えられている。

八〇歳が近いという年齢には見えない若々しい方で、広い庭の手入れに加えて田や畑の農作業も一人でしておられると聞き、驚いた。

望月マサコさんとおっしゃるその方は佐久からお嫁に来たという。私たちも以前、佐久病院にいたと言うと、とてもなつかしがり、はじめてお目にかかったとは思えないほど、長い時間親しく話し合った。お部屋へ上がりこんで望月さんのお宅の歴史も聴かせていただいた。

「畑は私の社交場」とマサコさんは言った。人は家まではなかなか訪れてくれないけれど、畑を通りかかった人に作物を差し上げたり声をかけたりすると、それをきっかけに話題が広がったり新しい友達ができたりして、まさに社交場だという彼女の言葉は心に残った。

さらに驚いたことに、六〇歳から本格的な登山を始めたとのこと、全てが前向きでそれが若々しさの源だ

安曇野の水田からアルプスを望む

と思われた。

「一人住まいだから訪れる方があると本当に嬉しい。また、いつでも遊びに来て下さい」と言って下さった。遠いと思っていた安曇野だったが、急に身近に感じられるようになった。

一年経ってまた、安曇野を訪ねた折、思いついて立ち寄ったところ「ちょうどよかった。昨日、出先から帰ってきたの」と小柄な体一杯に溢れんばかりに喜びを表わし、両腕を拡げて抱きしめてくれた。

この年齢になって新しい友ができるなんて、なんと素敵なことだろう。これも人間が好きで、気軽に親しい関係を作ることのできる夫、達のおかげだと思っている。

（7）父と「あんこうのとも酢」

（第8号）２０１２年11月

私の故郷、北茨城市大津町は、太平洋の外海に面した漁師町である。北茨城には「あんこうのとも酢」という郷土料理がある。

あんこうは波の荒い太平洋の海底深くに棲む深海魚で、秋十月から春三月にかけて獲れる。からだは平たく、重さ四キロ以上もあり骨はとても硬いが、からだはぐにゃぐにゃしていて、おろしにくい。そのため、大きな木の枝につり下げて、つるし切りをする。我が家では、つるし切りは父の仕事だった。皮を剥ぎ、部分的に切り分けた身をそぎ切りにし、皮や、ぬのこと呼ばれる卵巣などの内臓も小分けにしてざるに並べ、熱湯にくぐらせてゆで上げる。これを酢味噌につけて食べるのだが、その酢味噌に特徴があって、「とも酢」という。あんこうの肝臓（あんきも）を炒りつけて十分に火を通し、すり鉢に入れてよくすりつぶし、味噌、砂糖、酢を加えてつくる。湯がいたあんこうをこのとも酢につけて食べると、こくがあって実においしい。

故郷を離れてから、あんこうを口にすることはなかったが、家庭を持ち、はじめての子、実花を身籠ったとき、無性にこの「あんこうのとも酢」を食べたいと思った。はっきりと覚えはないが、母に話したのだろう、三月のある日、父が母と一緒に駒込林町（今の千駄木五丁目）の小さな我が家を訪ねてくれた。父の手には大きなあんこうが一匹ぶら下げられていた。

早速、父がつるし切りで器用に料理し、母が手伝って「あんこうのとも酢」を造ってくれた。父のつくってくれたそのなつかしい料理を、父母を交えて、家族で楽しんだ。わざわざ訪ねてくれた父の気持が嬉しく、私は幸せだった。

後にも先にも、父が私たちの家庭を訪れてくれたのは、この時一回限りである。

口数の少い厳しい父の、思いがけない優しさが身に沁みて、私にとって忘れられない一日となった。

今は亡き父を想うとき、この日の父の姿が瞼に浮かんでくる。

（8）長野県佐久の柳澤さん

（第9号）2012年12月

大学卒業後、夫・達と共に幼い二人の娘を連れて長野県佐久に移り住んだ。はじめて訪れた佐久は、経験したことのない寒さで心細い思いだった。

親しい友人から紹介された農家の柳澤さんを訪ねると、温かく迎えてくれた。勧められて掘りごたつに入ると、心の中まで温まるようだった。「佐久は寒いでしょう。この辺りは雪が降らないので寒さが厳しく、こちらの言葉で凍みると言うんですよ」と言われ、雪が降るのは寒いからと思っていた私には、ちょっとしたカルチャーショックだった。ふくよかな、笑顔の明るい奥様の手料理に舌鼓を打ちながら、夜更けまで歓談した。柳澤さん宅を辞する頃はすっかり親しい友だちのようになっていた。

柳澤さんはなかなかの理論家で米や野菜を作り、牛を飼い、桑を植えて蚕を育てる重労働の中で、さまざまに合理的な工夫をしていた。牛小屋の二階を冬場の牛の餌になる干草置き場にして、具合よく下に落ちるようにしたというような話は、聴いていて飽きることがなかった。

佐久での生活で、柳澤さんとの家族ぐるみのつき合いが始まった。朝早く、達が自転車に子どもを乗せて牛乳をもらいに行く。しぼり立ての牛乳は煮ると厚い脂肪の膜ができて、濃厚な味は市販の牛乳とは別のものだ。

佐久の春は本当に美しい。一斉に花が咲きそろう。カッコウが啼き、緑の山裾を山吹の黄色が彩る中での

柳澤さんを訪ねた折り泊った八ヶ岳山麓のホテルから望む
南アルプス

田植えも経験させてもらった。二人の幼子は、柳澤さんの四人姉妹に田の畔でのびのびと遊んでもらっていた。その頃はまだ手植えで、田にまっすぐに張った糸に沿って、並んで早苗を植えて行く。「素人の方が手伝ってくれると、米の収穫が増えるんだよ」という柳澤さんの言葉を真に受けてなぜかなと考える私。糸に沿ってまっすぐ植えられず曲がってしまうので、植える苗の数が増えるからという謎解きに大笑いした。

凍るような冷たい水での野沢菜漬けの作業も経験させてもらった。静かな蚕部屋で、蚕が桑の葉を食むサクサクという音も聴いた。暮には餅つき、つきたての柔らかい餅を餡や大根おろしで食べさせてもらった。

わずか二年余りの佐久だったが、想い出は山のようだ。

今年十月末に、久し振りに柳澤さんを訪ねた。奥様に先立たれ、間もなく九〇歳という柳澤さんはお元気だったが「もうテレビの番人だよ」と笑った。もう、家のまわりには田畑もほとんどなく、牛も蚕も飼う家はなくなってしまった。

(9) 水俣の浮島さん

（第10号）２０１３年1月1日

夫・達が三十年程前に、水俣での一泊研修会に参加した折、たまたま浮島さんと同室になった。二人はすっかり気が合って、それ以来の付き合いだが、時々いただくお便りは短いながら誠実なお人柄を偲ばせるものだった。

浮島さんは指物師なので、診療所に掛ける色紙の額を創っていただこうと、何度かお願いした。額が届く度にていねいな説明と新しい工夫が見られて感心させられた。美術館に納める額を創る程の腕を持つ職人が、たかだか個人のわずかな注文に、創る度に新しい創意工夫をして仕事をされるということに驚きを禁じ得なかった。最後にお願いした十枚の額が届いた時、私は息を飲んだ。細い白木の縁のその額に色紙を収めると、額はその存在を消すかのように、中の絵がひときわ引き立って美しく見えるのだ。それは浮島さんの人柄そのもののように思えた。

六年前の夏、浮島さん御夫妻を水俣にお訪ねし、泊めていただいた。はじめてお目にかかったとは思えないほどの親しみを込めた歓待を受け、本当に嬉しくて遠慮の気持などどこかへ飛んでいってしまった。浮島さんは人なつっこい穏やかな方だが、仕事に対しては頑固なほどの拘りを持つ、思った通りのお人柄だった。奥様は笑顔の美しい明るい方で、浮島さんを理解し、その生き方を支えておられるのが見て取れた。とても素敵な御夫妻だと思った。お宅は浮島さんの作品とその材料で埋めつくされ、説明を聴きながら見せていただくのが、とても楽しかった。

奥様のお具合が悪いと伺い、昨年十一月末に水俣を訪ねた。奥様は思ったよりお元気そうで、再会を喜んで下さった。六年ぶりの訪問だったが、ずーっとお隣同士で往き来していたかのように、心から打ち解けて過ごした。お二人のお手製の御馳走でもてなして下さって、浮島さんは「今日は特別嬉しい日だから」と、杯を重ねるのだった。

一緒に眺めた水俣湾の夕陽の美しさと共に、忘れられない一日となった。

(10)「いのち」の読者、内藤花子さん

（第11号）２０１３年2月1日

内藤花子さんは、二〇年前に一度お会いしただけである。けれどその時受けた深い感銘はいまだに忘れることができない。

内藤さんは長い間私たちの診療所の院内紙「いのち」の読者で、毎回ハガキ一枚にしっかりした美しい文字

で感想を書いて送ってくれていた。収められた文章を読むと、「いのち」を隅々まで読んでくれているとわかる内容で、いつも感謝の言葉で締めくくられていた。お便りの内容から八〇歳を過ぎたお年寄だとわかったが、文字と文章の確かさから、学校の先生をなさったような方を想像し、一度お目にかかりたいと思った。

診療所の夏休みに思い立って、浜松のお宅を訪ねようということになり、二人でハガキの住所をたよりに出かけたが、なかなか見つからず途方に暮れて諦めかけたとき、教えて下さる方があってやっと辿りついた。見つからなかったのも道理で、その家は六畳一間きりの今にも倒れそうな小屋で、建て混んだ家々の片隅にひっそりと建っていた。

その家に内藤さんが満面の笑みを湛えて私たちを迎え入れてくれた。想像していたイメージとは違う、簡単服に身を包んだ小柄なかわいらしいおばあさんだった。内藤さんは、御近所の皆さんの御好意で、戦争中から住んでいるその家を取り壊されずに、病身の妹さんと二人、生活保護を受けて住み続けていると語った。

部屋には小さな文机があり、達が書いた二冊の本が置かれていた。他には家具らしいものも見当たらず、寂しいほど簡素な部屋も内藤さんがいるだけで明るい温かな雰囲気に満たされていた。

東京本郷の職人の長女として生まれた彼女が早くに母親を亡くし学校も行けず、大勢の幼い弟妹を抱えて戦災に遭い想像を絶するほどの苦労をしたのは、話の端々から十分に理解できた。

しかし、自分の運命を当然のように受け入れ、苦境に受けた人々のわずかな好意を忘れず「運よく善い人に恵まれて」「まわりの方々の好意のおかげで」と感謝の言葉で語る内藤さんの姿に、私は心を揺さぶられた。余計なものを何一つ持たず、つつましく生きて、市井の中に埋もれたまま、人知れずこの世を去っていく無名の人々の中に、本当の人間らしい心が息づいているということを教えられた。

内藤花子さんがこの世を去って十年近くが経った。

(11) さが子さんと高尾山

（第12号）２０１3年3月1日

東京に住むようになって、一度高尾山を訪ねたいと思っていた。安曇野で親しくなった有明美術館の館長さんが、高尾山は今やブームになって人でごった返しているから山麓に住む奥田さん御夫妻を紹介するので、連絡をとって行くとよいでしょう、と親切に助言して下さった。そして、奥田さが子さんが書かれた本、『高尾山麓からの花だより』（高尾山の自然をまもる市民の会）を下さった。安曇野からの帰り、列車で読み始めたが、その美しく優しい絵と文にすっかり引き込まれてしまった。早速連絡を取ると、御自分が描かれた素敵な便箋でお便りを下さった。

さが子さんは小学校や養護学校の美術の先生だった方で、高尾山麓で四十年以上生活し、子育てをし、山を深く愛しておられるのが本からも読み取れて、お目にかゝるのが楽しみだった。残念なことに裁判で負けてしまったけれど高尾山の山腹に高速道路のトンネルを通すという計画に、夫君と共に反対運動を長く続けてこられた。

一番人が少ないのは花のない二月ということで、三連休の後の二月十二日に京王線の高尾山口駅で待ち合わせた。雨か雪が降るという予報に、一応雨具の用意をした。幸い雨は降らなかったが、とても寒い一日だった。

さが子さんは背の高い爽やかな笑顔の美しい方で、白装束の御夫君と駅に現れた。御夫君は「高尾山で天狗に会おう」ということで来山する引きこもりの青年たちのグループと山頂で会う約束で、天狗に扮して手品をして見せるということだった。

高尾山は天候のためか珍しいほど人出が少なく、静かな山の雰囲気を味わうことができた。登りにケーブルカー、下りにリフトを使ったので、歩きは多くなかったが、道々「タチツボスミレがもう咲いている。ヤマルリソウも」と日向の小さな草花を指して教えてくれる。「あれがヤママユ」と言われて見ると、枝に美しい緑の蛹がぶら下がっていた。「あれはルリビタキよ。この辺に住んでいても、滅多にお目にかかれない鳥なの」とさが子さん。ルリ色の頭を持つ美しい小鳥のお出迎えだった。

高尾山は都市に近く標高五九九メートルの小さな山だが、寒温帯と暖温帯の境に位置し、地下水も豊富なため、非常に多彩な植物が育ち、多種多様な生物が棲息し、固有の動植物も見られる、日本でも珍しい山だと教えていただいた。

山歩きの途中、ふと屈むさが子さんの手に小さな紙屑が拾われている。極く自然なその姿には気負いがなく、彼女がいかに生命を慈しみ、高尾山の自然を深く愛しているかが感じられた。

(12) 杉山さんの包丁研ぎ

（第13号）２０１３年4月1日

「もう包丁を研ぐ頃じゃないですか」。そう言って杉山猪一郎さんが訪ねて来る時は、いつも、そろそろ研ぎたいかなと思う頃にピッタリ当たっていた。

杉山さんに研いで頂いた包丁は、どこでお願いするよりも切れ味がよく、美しい仕上がりで、料理をするのが楽しくなるのだった。それで、申し訳なく思いながらも、「私にできるお礼はこれ位だから…」と言われる言葉に甘えて、鋏から鉈まで、ついついお願いすることになってしまうのが常だった。しかし、考えてみると何のお礼だったのだろうか。人生の師とも言うべき杉山さんにお礼をするのは私たちの方ではなかったかと思う。

大正の終り頃生まれた杉山さんは、早くにカトリックの信者だったお父様を亡くされ、ずいぶん苦労をされたらしい。可愛がってくれた神父様のすすめで、尋常小学校を出てすぐカトリックの施設で縫製の技術を身につけ、仕立て職人として働いた。仕事のためによく切れる鋏の必要を感じ、独学で研ぎ方を覚えたという。

東亜燃料の石油タンク増設反対の住民運動の中で、私たちが杉山さんと親しくなった頃は、仕立ての仕事はしていなかったが、達のすり切れたYシャツの衿を裏返したり、ズボンの裾を直して下さったりした。それはこんな小さな直し仕事に「ここまで?」と思うほどていねいな仕事ぶりだった。

よくお宅の玄関先で、廃材で工作をし、不要になった刃物を手入れして役に立つよう変身させたりしていた。通りすがりに立ち止まる人たちに声をかけ、人生論議をした。読書家で勤勉で、さまざまの本からの引用やたとえを使ってわかり易く話す。ことに聖書は深く読み込んでおり、多くの引用をされていた。

自分の信念を曲げず、カトリックの教会を破門され、さまざまの宗派の真理を求めて尋ね歩いたが、私たちが知った頃はどこにも属さず聖書から直接、信仰を得ていると思われた。

杉山さんの真直ぐな生き方を見るにつけ、己れの信仰にこんなにも誠実に生きる方がいるのだと、驚きを禁じ得なかった。

住民運動の中から生まれた住民大学の親睦会、夏の「そうめんの会」や冬の「おでんの会」で、ほろ酔い加減になると、直立して「春、高楼の花の宴…」とか「オオ・ソレ・ミオ…」などと、朗々と歌い挙げるのが常だった。

鳥打ち帽を被り、細身のスーツを身につけた杉山さんの英国紳士のような風貌と美しい歌声は、今も忘れることができない。

(13) 沖縄の嶋原さんご夫妻

(第14号) 2013年5月1日

三月末、三人の孫たちに会いに三泊四日で沖縄へ出かけた。飛行機を降りるといつも思うことだが空が青く、花の色が鮮やかだ。

親しい保健士の三宅さんから、時間があったら妹夫婦を訪ねて欲しいと頼まれていた。嶋原さんと言い、御夫君は壷屋焼きを、奥様の静子さんは織物をされているということだった。電話をすると、時間をとって下さるとのことで、息子に車で連れていってもらった。同じ沖縄と言っても、南の那覇から北部の今帰仁《なきじん》村にある「あはんなばる工房」までは大分遠く、一時間半余かかった。

着いてみると、嶋原さん御夫妻が門口で出迎えて下さった。おだやかな御夫君と優しい温かな雰囲気の奥様だった。

周囲、見渡す限りの緑の中に、移築したという沖縄の古民家が建ち、そこが住居でもあり仕事場でもあった。お二人の案内で、土の保管場所から「ろくろ」をまわす作業場、作品を乾かす棚、そして登り窯と、説明をしながら見せて下さった。

完成した数々の陶器の並んだ部屋に面した庭先で、静子さんのいれて下さったお茶と揚げ菓子サーターアンダーギーをご馳走になりながら、打ち解けて談笑した。

達が「ろくろを廻している時は製作に打ち込んで、無念無想ですか」と問うと、「いやいや、雑念ばかりが浮かんできます。『これをあといくつ造らなければ…』とか『そろそろ土を用意しなければ』とか、全然関係のないことを考えたりしています」と笑った。そのはにかんだような笑顔が、嶋原さんの正直で素直な性格をしのばせて好ましく、素敵な方だと思った。

そのお人柄をそのまま写したようなお皿を二枚いただいた。

その優しく温かな器は、煮物を盛ったり、サラダを入れたりと、毎日のように活躍している。

嶋原さん御夫妻の心地よい応待に、長時間お邪魔したにも拘らず奥様の織物は見せていただくこともなくお別れしてしまった。今度お会いする折には、ぜひ拝見させていただきたいと願っている。

東京に帰ってからいただいたお便りは、こんな言葉で結ばれていた。

「沖縄に住んで三五年以上経ちました。これも不思議な縁だと思っています。自分の好きな場所で暮らし、子育てまでできたこと、とても幸せに感じています。

お金やモノではかえられない大切なものを、この土地からたくさんもらいました。」

(14) 六義園ボランティアの松本さん

（第15号）２０１３年6月1日

昨年十一月から今年の三月まで東京都公園協会主催の「庭園管理作業ボランティア養成講座」を受講した。日本庭園の成り立ちや鑑賞について勉強したり、浜離宮や清澄庭園などの都立庭園で落葉の清掃や松のコモ巻きや四つ目垣の作り方などの実技を習った。

無事に卒業して、この四月、自宅から最も近い六義園のボランティアになった。六義園での作業と他の都立庭園全体での作業が、それぞれ月二回ほどある。

六義園所属のボランティアは、一期生から七期生まで、男女ほぼ同数で年齢もまちまちの二十名。年間を通して、笹刈り、花柄取り、除草、コモ巻き、落葉清掃、枯枝処理と多彩な仕事をするが、要するに庭園管理のお手伝いである。

四月十六日、初めての六義園の作業にやや緊張して出かけた。着替えを済ませ、手甲、脚絆に地下足袋とヘルメットというちょっと勇ましい格好で、昼休みをはさみ九時半から三時まで作業。

晴天に恵まれ青空の下、園内の藤代峠で咲き始めたツツジの根元の笹刈りをする。ツツジの下にもぐりこんで笹やツタを刈り取る作業は大変ながら、来園者から「御苦労さん」と声をかけてもらったり、疲れると広い斜面地に咲く色とりどりのツツジを眺めて休んだり、楽しく時間が過ぎてゆく。

慣れないのでおずおずと作業をする私と違い、生き生きと自信を持って作業をしている美しい女性がいた。一期生の松本さんという方だった。

松本さんは御夫君の介護をし看取られた後、仕事も定年を迎えたのを機に講座を受け、以来ボランティアを続けておられると伺った。木鋏やのこぎりなど、道具の手入れも覚えて全て御自分でなさるとのこと、キリッとした作業着姿のなかに、首にかけた手拭いの色柄に洒落たセンスが光っていた。

昼休み、見事に咲いている藤棚の下で雑談をしながら和やかにお弁当を広げた。松本さんは「この藤も長いこと全く花が咲かなかったけれど、昨年、大手術で根を切って土を替えてあげたら、今年はこんなに素敵な花を咲かせてくれたのよ」と藤を見上げた。通りかかった方が「この庭園はどの位の広さですか」と尋ねると、即座に「約二万五千坪ですよ」とにこやかに答えた。その確かな知識と来園者への応対に私たち新米ボランティアは目を瞠った。

長くボランティアを続けてこられた経験に裏打ちされた能力と自信はとても一朝一夕に真似をすることもできないが、私もいつか彼女のように頼りになるボランティアとして活躍できるようになれるだろうか。日々楽しく頑張って、作業を続けていきたいと思った。

(15) 堀切せんべいのおやじさん

(第16号) 2013年7月1日

昨年、葛飾区にある堀切菖蒲園を訪れた。満開の花菖蒲があまりに見事だったので、今年もぜひ見たいと思い、六月半ば朝からの小雨の中、出かけた。花の盛りは過ぎていたが、霧雨に濡れて咲く花菖蒲もまた、趣きがあり、来てよかったと思った。

京成電車の堀切菖蒲園駅を出ると、近隣の農家のおばあさんかと思われる人が、駅前でリヤカーで運んできた野菜を並べて売っていた。駅に接して商店街があり、狭い路地に小さな店がぎっしり並んで、いかにも下町らしい風情が面白かった。

古いおもちゃ屋さんがあって、樟脳で水上を走るセルロイドの舟など、なつかしい昔のおもちゃを売っていたり、揚げ物や煮豆を扱う惣菜屋さんがあったりする。

「堀切せんべい」という看板が目について立ち寄った。昔ながらの堅焼せんべいが並ぶ狭い店の右側が仕事場になっていて、年配のおやじさんがねじり鉢巻をして、おせんべいを焼いていた。東京にせんべい屋さんは多いけれど、店先での仕事を見たことがなかったので興味が湧いた。

仕事場の前には炭が置いてあり、炭火で焼くのだが、板の間の奥に大きなかまどがあり、薄い円形の乾燥した餅を何段もの金網に並べ、かえしながら焼いている。かまどのふたの開閉など温度や焼き時間に気を配っての仕事振りをしばらく眺めていたが、声をかけると気さくに答えてくれた。仕事の手は休めず、そのあいまにこちらを向いて、人懐こい笑顔で話す。

おやじさんは、親方の下で修行をして店を開いたこと、経験と勘が大切で、屈んで繰り返す仕事はきつく、腕や腰が痛むようになったことなど、訥々と語ってくれた。実直な人柄を表わす飾り気のない表情に、これが職人さんの顔だなあと思った。

今は息子が自分の親方のところで修行中だと、嬉しそうに、ちょっと誇らし気に語ったのが、心に残った。

堀切菖蒲園の花菖蒲

(16) 舅《ちち》・蕃《しげる》

（第17号）２０１３年8月1日

「あなたは生涯を過ごすつもりでここへ来たのでしょう。石の上にも三年と言うではないかね。もうしばらく辛抱してみたらどうかね」と舅《ちち》は言った。

四人の子を連れて、夫の実家である清水の家に入ってすぐ、末の双児を出産した。私は、長男の嫁としてこの家に暮らすのは、とても無理だと思いつめていた。勤め人の子として家族のなかで育ち、学生のまま結婚して、自分を理解してくれる人々のなかでのみ生きてきた私にとって、三〇歳になって突然の生活の変化は、考えていたよりずっと大変だった。

住み込みの若い看護婦たち、掃除や食事のことをする賄のおばさん、家事の手伝い、そして自分の家のように案内も請うことなく奥の方まで勝手に入りこんで来る近所の人々や知り合いたち、患者さんや泊り込みの客、姑の言葉を借りれば「合衆国のような」他人に囲まれたなかで、六人の子を育て、家事をし、診療や経理にかかわって生活をすることには、とても耐えられないと思った。

どんないきさつだったか、舅と二人、離れの廊下で話をしていたその時、私は多分、自分がここの嫁として相応しくなく、皆に迷惑をかけて生活することが耐えられないと訴えたと思う。その私への舅のおだやかな諫めの言葉だった。それは舅から私へのただ一度の叱言だった。

舅・蕃《しげる》はとても静かな、おおらかな人で、一緒に暮らした二〇年余、怒った顔を見たことがなく、怒鳴った声も聴いたことがない。生活も質素で、粗末と思える食事でも「山海の珍味だねぇ」とニコニコして言うのが口癖だった。けれども一方、頑固なほどの信念の人で、自分の医療への自信は強く、簡単に考えを変えなかった。新しい治療法や器機にも興味を持って、よく勉強していた。患者さんには本当に優しく、神様のように慕われていたと思う。

舅の没後、長崎医大在学中の日記を遺品の中に見つけ、二〇年経って、そこに書かれている地名や施設を訪ねて、夫・達と二人で長崎の街を辿った。長崎の街で出会った人々は、乗り合わせたタクシーの運転手さんも、道を尋ねたお店のおばさんも、みな一様に優しく、人なつっこい笑顔で親切だった。舅がこの地で学生として青春時代を過ごしたのだと、柔和な笑顔が思い出されて感慨深かった。

「石の上にも三年」という言い古されたような言葉も、私にとっては特別な言葉となって胸に響く。

長崎はもう一度訪ねたい街である。

(17) 安曇野の滝澤さん

（第19号）２０１３年10月１日

東京で生活を始めてから、月に一、二度、人を訪ねる旅を続けている。古い友人や親しい知人と会い、共に景観を楽しみ、心ゆくまで語り合って、悔いのない時間を過ごしたいと思う。

この一年半で、北海道から沖縄まで、ずいぶん多くの土地を訪ねた。その中でも、安曇野では有明美術館の館長御夫妻や望月マサコさんなどの新しい友人ができて、格別に親しいところとなった。

安曇野は美しい町である。雪を頂く北アルプスの山々に囲まれ、豊かで美しい水が川を流れ、桜やりんごなどの花が一斉に花開く春、緑の深い夏、秋の紅葉は又、一段とみごとで、いつ訪れても失望することがない。

安曇野に魅せられて、もう少し詳しく知りたいと思い、臼井吉見の「安曇野」を読んだ。彫刻家・荻原碌山や研成義塾の教育者・井口喜源治、新宿中村屋の相馬愛蔵黒光夫妻など、明治・大正を彩った安曇野に関わる人々について識り、安曇野への愛着が一層強まった。繰り返し訪れて、残されている施設を改めて見学すると共に、新しい友達に会い、親交を深めている。

滝澤ふさ子さんも、そんな新しい友の一人である。昨年の十月に安曇野を訪れた折、朝食前、近くの松尾寺周辺を散歩していて、犬を連れた婦人に出会った。話しかけることの好きな達が呼びとめると、親しみ易い笑顔で立ちどまりとりとめのない立ち話をして別れた。

その後も、同じ時刻に同じ場所で出会い、ポートレートを撮って送ったりして親しさを増した。三度目となった今年の夏、お宅を教えていただき、帰京する日の朝訪ねると、顔を輝かせて迎えてくれ、家の前の畑に案内して、私の被っていた帽子一杯にブルーベリーの実を採って下さった。莢隠元やきうり、小さなホオズキ

北尾根高原より北アルプスを望む

の実など、思いつくものを次々に採っては持たせて下さった。鈴虫を見せていただき、愛犬「桃太郎」とも遊んで別れた。有明山を臨む庭には朝顔や芙蓉の花が咲き乱れていた。

御夫君なき後、息子さんと二人で農業をしているという。農機具や肥料代で年金を持ち出しの有様だが、親たちが大変な苦労をして開墾したのを聴いているので、別荘地として売るなど、とてもそんな気になれないと話した。人なつっこい明るい笑顔からは想像できない苦労があるのだろう。

帰京の翌日、滝澤さんから鈴虫が届いた。新しい飼育ケースに「鈴虫の餌」までつけて、たくさんの鈴虫が入っていた。リーンリーンと美しい声でよく鳴いてくれる。その声を聴くと、「そう、そう、そう」と相槌を打った滝澤さんの笑顔が浮かんでくる。

(18) 愛子《ちかこ》おばと錦紗の着物

（第20号）２０１３年11月１日

私が四歳になるまで、父の勤めの関係で朝鮮で生活していた。戦争が終りに近づいた頃、父が戦地へ行くことになり、私たち家族は引き揚げて、母の実家に身を寄せた。間もなく、そこも戦災で焼け出され、父が戦地から帰ってくるまでの数年間を、やはり焼け出された母の妹の家族と一つ屋根の下で暮らすことになった。私の兄弟四人と、いとこ四人は年齢も近く、けんかをしたり、仲良く遊んだり、ちょうど、八人兄弟のように過ごした。

借りた畑で野菜を作ったり、近所の縫物をしたり、買い出しに行ったり、子育てをしたり、三〇代の母親たちが女だけで生活をするのがどんなに大変だったか、今になると理解できる。

母の妹の愛子《ちかこ》おばは主に育児を担当していて、ずいぶん可愛がってもらった覚えがある。

終戦の翌年、私は小学校に上がった。一つ年下のいとこ麻佐子ちゃんは、軍医だった叔父が帰って余裕ができたからだろうか、七・五・三のお祝いに錦紗の着物を作ってもらった。叔母の着物の仕立て直しだったのだろうか、紫色の地に花模様の、それは子どもの目にもとても美しく映った。引き揚げと戦災で、まともな衣類もなく、七・五・三のお祝いどころではなかった私にとって、それはまぶしいほどだった。その着物の柄は、今でも鮮かに目に浮かぶ。

ちょうど、学芸会で私は「伊勢まいり」という曲で踊ることになっていた。十二月の発表会には、七・五・三のお祝いも済むから、その着物を貸してくれることになっていた。しかし、七・五・三の前に全校生徒を前に、学芸会の総練習をすることになった。その折にも麻佐子ちゃんの着物を着たいという私に、お祝いが済むまでは駄目だと母にたしなめられた。生徒に見せるだけなのだから、練習用に借りた着物でするようにといわれた。私はその縮緬の着物にこだわって、叔母の前に座り込んで動かなかったそうだ。とうとう叔母も根負けして、「律子の強情には敵わない」と、まだ、しつけ糸も取れていない大切な着物を貸してくれたという。

その時の総練習の後で撮った写真が残っている。踊りも知らず、不器用な格好で、二人の級友と共にポーズをとっている私は、確かに錦紗の着物を着ている。

娘のお祝いに、やっと作った着物を、麻佐子ちゃんが袖も通さないうちに、姪の私に着せた叔母はどんな思いだったろうか。戦後の厳しい生活のなかで、自分の娘のように私を愛し、私の幼い願いを聴き入れてくれた叔母の気持をとても嬉しく思い出す。

(19) 小学四年担任梅原先生

（第21号） 2013年12月1日

私が小学校三年生になったとき、父の勤めの都合で茨城から横浜の金沢八景に移り住んだ。転入した金沢第一小学校は海岸に近い木造校舎の学校だった。やっと新しい学校になじんだ頃に組替えがあり、新しいクラスは四年八組、担任は赴任したばかりの梅原先生だった。私にとってはじめての男の先生で、はじめはちょっと恐いような気がしたけれど、明るく冗談を言ったり、子どもたち一人一人に親しみを込め熱心につき合ってくれる先生を私たちはみんな、大好きになった。

終戦後のまだ物のない時代で、教室は殺風景で遊具も本もなかった。先生は子どもたちを学校に近い遠浅の海岸へ連れて行き、みんなで潮干狩をした。そうして採ったあさりを近所の知り合いや自分の家へ持って行き買ってもらった。

そのお金を貯めて本を買い、学級文庫をつくった。学級文庫は四年八組の宝物となり、私たちはそれらの本をみんなとても大切に読んだことを覚えている。

梅原先生は若く、授業でもいろいろと新しいことに取り組み、授業以外でも、私たち生徒との関わりに多くの時間を費してくれた。

体育の時間に「おおスザンナ」などの曲に合わせて、男女四人ずつ八人で踊るスクエアダンスをしたり、二人ずつ組んで踊るワルツのステップを教えてくれたりした。

また、放課後、ローマ字を覚えた生徒に英語を教えてくれたり、ピアノでバイエルの易しい曲を弾かせてくれたりした。歌の好きな友人たちは、先生の指導を受けて、ソプラノとアルトの美しい二重唱で私たちを楽しませてくれた。

休日には、先生は生徒を引き連れて、江の島へ行ったり、東京の皇居前広場へ日帰り旅行をしたりした。そんな折に撮っていただいた写真がアルバムにたくさん残っていてなつかしい。日曜日に級友とうち揃って、先生のお宅を訪ねたことも度々である。

クラスメイトは、男女ともとても仲よく兄弟姉妹のように親しく過ごした。友だちが引越して去ることも、ままあって、とても悲しく、クラス中で教室を片づけお別れの会を催した。

五〇歳になった時、ずいぶん久し振りにクラス会が計画され、私も出席した。梅原先生は六〇歳で若々しく、うっかりすると生徒の方が老けて見える人さえあった。

考えてみると、四年生だった私たちは一〇歳、ずいぶん大人に見えた先生は二〇歳の若者だった。私たちがはじめての教え子だったのではないだろうか。同僚の先生方からは「坊や」の愛称で呼ばれていたそうだ。戦後の新しい教育を求める空気のなか、若々しいセンスと意欲で、ずいぶん自由で伸びやかな教室運営をしてくれたと思う。

ちょっと年の離れた兄貴のように、教室中の生徒たちが先生を慕っていた。その頃した勉強は何も覚えていないが、楽しい思い出は山のように残っている。

(20) 植物園案内人・武部令先生

（第22号）２０１４年1月1日

十二月四日、東京都公園協主催の神代植物公園で行われた講座「落葉樹の冬越しとサザンカの花」に参加した。比較的暖かい陽射しの、よく晴れた日だった。

講師の武部令氏は、以前、小石川植物園を散策する講座のときも案内人を務められた方で、植物についての造詣の深いことにも驚ろかされたが、その知識をユーモアを交えて平易に語る話術にも魅了された。

「武部先生の講座はとても面白いので、私は先生の講座の〝追っかけ〟をしているのですよ。」と教えてくれた初老の男性がいたが、今回の講座にも参加していて挨拶して下さった。

初めて訪れた神代植物公園は本当に広々として、多彩な樹々が生い茂り、深い森を散策しているようだった。ちょうど、紅葉の盛りで、恵まれた晴天の下、緑の中に陽光に映えて輝く黄や紅のグラデーションが美しい。

十分に景色を楽しみながら、葉が紅、黄、茶に変る理由について学習。中途半端な知識しか持っていなかった私には、それはとても新鮮な講義だった。

楓の種類もたくさん覚え、メープルシロップの作り方まで教わった。樹の幹の若い木肌にある微小な丸い穴（気孔）を武部氏は「木が息をする口」と表現された。こうした注意しないと見逃してしまうような目立たない自然の営みにも気づかせてくれる。

神代植物公園のサザンカ

サザンカの林では、この日の講座の主題の一つであるサザンカについて、美しい花を眺めながら、たくさんの話を聴いた。サザンカとツバキの違いについて、サザンカとツバキの交配について等々。私が早咲き種のツバキと単純に思っていた寒椿は、交配種の中のツバキの要素の強いものとのことだった。八重咲きの花びらは雄しべの変形したものであること、だから、雄しべをたくさんもつ花は、新種をつくり易いこと、ツバキもその代表の一つであることも学んだ。

　虫の少い冬の花サザンカは、小鳥に受粉を手伝ってもらうために濃厚な蜜を提供し、小鳥が止まれる厚く丈夫な葉と花びらを用意したなど理に適った説明は、聴けばなるほどと納得のいくことばかり、尋ねる質問には直ちに答えてくれる豊富な知識と話術にすっかり引き込まれてしまった。

　お昼休みの一時間は、園外に一時外出して、すぐ隣の深大寺を訪ね門前のお店をブラブラ見て歩き、深大寺そばを楽しんだ。

　植物園を訪ねて園内をただ巡るのも、それなりに面白いと思うが、豊かな知識を持つ案内者と共に歩く幸せを識った、楽しい一日だった。

(21) 母の従兄弟の木内造酒夫《みきお》さん

（第23号）２０１４年2月1日

　昨年の暮近い頃、母の従兄弟の木内造酒夫《みきお》さんから、八八歳になるのを記念して上梓したという『酒造り二百年――わが家・わが人生』という本をいただいた。木内家は水戸に近い鴻巣《こうのす》という町で、代々酒造業を営んでいる。

私は四歳終りの麦秋の頃、一人で長いこと、この家に泊っていた。土間のある大きな家で、庭も広々としており、兎や鶏も飼っていたように記憶している。木内家には造酒夫さんを頭に三人の男の子がおり、高校生と中学生だったのだろう、幼い私には、とても大きなお兄さんたちに思えた。ずいぶん大切にしてもらって、あまり淋しいと思った覚えはない。

ことに次男の冨士夫さんは病弱だったらしく、家にいることが多くよく遊んでもらった。優しく接してくれたことが、子ども心に楽しい思い出として残っている。切手の蒐集家で、持っている珍らしい切手をたくさん見せてくれたり、ぬりえをとてもきれいに塗ってくれたりした。ぬりえ作者の名前が、同じ「ふじを」だねと言うと、「実は、このぬりえは僕が描いたのさ」と私をからかって笑った。

一緒に外へ出て、麦畑の広がる農道を歩いた。真っ直ぐに伸びた麦の穂の中から黒い穂の麦を見つけて抜き取り、麦笛を作って吹いてくれた。また、お墓の近くで「カラスのお灸」という変った草を面白がる私のために、一緒になって探し集めてくれた。今となっては、どんな草だったのかも覚えていず、植物図鑑を調べても、そんな名の植物は見当らない。地方の呼称だったのか、私の覚え違いか。もしかしたら、「カラスビシャク」だったのかなあと思ってみたりする。

どのくらい鴻巣に居たのかははっきりしないが、戻ると、住んでいた家は戦災で焼失しており、親戚三家族が一緒に暮らす新しい住まいに連れていかれた。

後に聴いた話では、日中、一旦上空を飛び去ったかに見えた米軍爆撃機B29が戻ってきて爆弾を落とし火災が発生したそうだ。子どもたちを安全な所へ連れ出した後、母は荷物を取りに火の中へ戻ろうとしたが、小学二年生の姉がしがみついて引き止めた。何もかも焼いてしまったと母は悔いたが、姉は止めて正解だったと今でも言う。どんなに恐ろしかったことだろう。

今思うと、戦災後のさまざまな煩わしさが落ち着くまでの間、足手纏いになる幼い私を、鴻巣の家で預ってくれたのではないかと思う。

周りの人々の優しさに、どんなに癒されて育ったかと思う。七〇年も経ってしまったが、一度、鴻巣を訪ねようと思っている。

(22) 鎌倉で出会った與那嶺さん

(第25号) 2014年4月1日

昨年の十二月初め、鎌倉へ出かけた。寺々の紅葉が色づいて、閉門直前に入った長谷寺は見物客も減り、ライトアップされた紅葉が、ことのほか美しかった。

翌日、朝食前に由比ヶ浜を散歩した。宝貝や桜貝などの貝殻が打ち上げられており、拾い集めていたが、「ほら、見てごらん」という達の声に目を上げた。水平線に続く空が紅く染まって、間もなく陽が昇ると思われた。

やはり朝の散歩を楽しんでいるらしい若い女性が近づいてきた。達が声をかけると、優しい笑顔で立ち止まった。御夫妻で旅行中だが、今朝は御夫君がまだ休んでいるので一人で散歩に出たとのことだった。日の出を一緒に見ようと話しながら待った。太陽が顔を出すまでの時間は思いのほか長く感じられたが、水平線から昇っていく太陽と朝焼けの空は神々しいほど美しく、感動的だった。

與那嶺さんと一緒に見た由比ヶ浜の日の出

その方は與那嶺信子さんといい沖縄からいらしたという。ちょっとの間に打ち解けて、仲良くなった。

息子の家族が那覇にいるので、沖縄に行くこともあるから、その時はまたお会いしましょうと約束して別れた。一緒に撮った写真を送ると、ていねいな礼状と共にお菓子が届き、恐縮した。

今年の一月末から二月初めにかけて沖縄の孫たちに会いに行った。その折連絡をして、信子さんと、琉球王朝の迎賓館だった識名園《しきなえん》でお会いした。沖縄特有の樹木の間を歩きながらいろいろ話した。看護師の経験もあり、患者さんとの係わりや医療のあり方など、お互いに解り合える立場なので話がはずみ、あっという間に時間が過ぎた。沖縄へは九州から嫁いできたとのことで風習や環境の違う中、生活に、仕事に真面目に向き合ってきたのが言葉の端々に感じられた。信子さんはおみやげに彼女の手づくりの「ムーチー」を下さった。沖縄の郷土菓子で、月桃《げっとう》の葉でくるんで蒸した餅である。とても嬉しい贈り物だった。

帰ってから写真を送ると、大きな便箋三枚にぎっしりと書いた便りを下さった。読むと、わずかの時間にとりとめもなく話した私たちの思いをしっかり自分のものとして受け止めていることが伝わってきた。手紙はこう締め括られていた。

「日々、目の前のことを一つ一つていねいに、心を込めて、今、この時、この時を大切に生きていきたいと思っています。」

全く偶然に、こんなに賢く誠実な若い友に出会えたことに感謝し友情を大事に育んでいきたいと思っている。

(23) 熊本の中路さんと水上村の宿

（第26号）2014年5月1日

三月末から三泊四日で九州を旅した。熊本駅では古い友人の中路さんが迎えてくれ、車を運転して丸二日間つき合って下さった。

熊本市内の桜を観て、阿蘇の外輪山・大観望へ。山道を走り頂上で車を降りると、突然、眼前に開ける広大な展望に息を飲んだ。そこから火口へ行き、硫黄の匂いにむせながら覗き込むと、もくもくと立ち上る噴煙に圧倒された。

阿蘇から宿までの長い道のり、球磨川の清流と川沿いの桜や辛夷《こぶし》の花が目を楽しませてくれた。

中路さんは長時間の運転にも疲れたようすを見せず、途中の五木村では子守歌や椎葉の里にまつわる物語りを話された。市房ダム湖の周りに植えられた桜は花盛りは過ぎていたが、十分美しく、湖に映えていた。

「私は、ここが一番良いと思っているので……」と案内してくれた水上村にある宿は、田舎家風のたたずまいで故郷に帰ったような懐かしさを感じた。

噴煙が立ちのぼる阿蘇火口

玄関を上った途段、先ず目に留まったのが、廊下に飾られた蝶の展翅標本だった。山野草や蝶の写真や画が飾られているのは時々見かけるが、蝶の展翅標本には初めて出会った。それは完全なとても美しい標本で、思わず引き寄せられた。オオムラサキ、カラスアゲハなどの華やかな蝶に混じって、ヤマキマダラヒカゲの標本もあった。

宿の御主人に「夫の友人がヤマキマダラヒカゲとサトキマダラヒカゲが別の蝶であることを発見したんですよ」と声をかけると、「ああ、高橋眞弓さんですね」とすぐに答えられたのでびっくりした。御主人は蝶について、とても詳しいので、しばらく話に花が咲いた。近くの市房山で発見されたゴイシツバメシジミの話を伺ったり、私も蝶が好きで、子どもたちと蝶の幼虫を育てたことなど、楽しく話した。

大学の研究室で環境保全の研究をしていたが、お父さんの跡を継いでここへ戻ってきたそうだ。子どもの頃から、虫、特に蝶が大好きだったので、毎年、子どもたちを集めて、自然観察の教室を開いている。それが長い目で見ると自然保護につながるという。

庭には料理に使う山菜と蝶の幼虫の食草を植えているという徹底ぶりで、面白い方だと親しみを覚えた。

宿の料理も、やまめや山菜で、とてもおいしく造られていて、こだわりが伝わってくる。

また、いつか違う季節に、柔和な笑顔の御主人に会いに、もう一度この宿を訪れたいと思う。

(24) 高校時代の親友たち

（第27号）２０１４年6月1日

東京で生活を始めて二年余が過ぎた。四月下旬のある日、連絡を取り合って、高校時代の親友二人と会うことになった。卒業以来だから、五七年振りになる。約束の駒込駅へ急ぎながら、果たしてわかるだろうかと不安がよぎった。

思いのほか時間がかかって、待ち合わせの改札口に着いたのは時間ぎりぎりだった。人待ち顔に立っている女性を見るなり「あ、原田さん！」と思わず旧姓が口をついて出た。記憶の中の彼女にピッタリ一致した。

そこへ「電車が遅れて…」と駈けてきたのは「弁天様」とあだ名のあった延命さんだった。吉祥天が画から抜け出てきたかと思われるふっくらとした美しい少女だった彼女もまた、昔の雰囲気をそのままに残していた。

同じように年を取ったせいか、少しの違和感もなく、一挙に少女時代の三人に戻ったようだった。

二人を案内して六義園へ行った。つつじの盛りで美しい園内を歩きながら、昔のままの親しさでおしゃべりをした。

園の近くでの昼食を考えていた私だったが、原田さんが三人分のお弁当を作ってきてくれたという。園内のベンチに座って、朝早い待ち合わせにこんな準備までしてきてくれたことに感謝しながら、舌鼓を打った。お孫さんがつくってくれたというクッキーのデザートまでついて、とても楽しい昼食だった。

水辺を歩き、新緑を楽しみながら、おしゃべりに余念のない三人は、高校生そのままの屈託のなさだった。必ずしも平坦ではなかったそれぞれの五十年、経済的な困窮や、家族の重い病気、精神的な悩みなどの不幸も、また色々な幸せも素直に話せ、何の疑念も構えもなく理解し合える友達という関係を何と幸せだろうと思った。

文学少女で美術の才もあり、明るく開けっぴろげで世話好きの原田さんは、彼女らしい話をたくさんしてくれた。

近所の御夫妻が揃って先生をしており、大変なので、週に一日でも二日でもよいからと頼まれて、お子さんを預かることになったが、すっかりなついて、お父さんやお母さんが帰っても家に帰りたがらないので、とうとう彼女の家で親も一緒に夕食を済ませて帰るようになった。という話など、いかにも彼女らしいおおらかさを感じた。

話はつきなかったが、夕方になるので、駒込の駅で別れた。

今度は秋の紅葉の頃に会いましょうか、という話になり、次の集いを楽しみにしている。

(25) イスノキをめぐる出会い

（第28号）2014年7月1日

四月の初め、水俣の浮島さんをお訪ねした折に、イスノキで作ったという箸置をお土産にいただいた。五センチ程の長さの細い直方体で角がわずかに隈取られて、とても美しい。やや赤味を帯びた木肌が温もりを感じさせてくれる。気取りのないその姿が好きで、毎日のように使わせていただいている。

イスノキという木の名前に聴き覚えがあったので、「もしかしたら、よく虫こぶのできる木ではありませんか？」と尋ねると、それは知らないと仰しゃって、「この辺りではイスノキともユスノキとも言います。」とのことだった。木が樫のようには硬くないので、細工がし易いのだと教えて下さった。

イスノキという名前は、庭園の作業に参加した時、ボランティア一期生の岸本さんという男性が、虫こぶができる木だと説明してくれたような覚えがあった。家に帰って、植物図鑑を調べた。

イスノキは関東南部以西から四国、九州、沖縄に自生するマンサク科の常緑広葉樹で、多種・多数の虫こぶができることで有名らしい。「虫こぶを吹くとヒョウと鳴るので、ヒョンノキとも言う。イスノキの名は琉球の方言と思われる」とあった。

二月、大雪が降った後の庭園作業の折、虫こぶらしき物がたくさん落ちていた。ちょうど、穴のあいた硬い木の実のような形が面白く、拾って持ち帰ったのを思い出した。穴に唇を当てて吹いてみると、確かにヒョウと鳴った。アブラムシの幼虫が入っていたのだからと、水で洗った。乾くと、パリンと音を立てて割れてしまった。

次の庭園作業の時、これらの話をすると、岸本さんは笑って、「今はこんな具合だよ」と携帯で撮った写真をすぐに見せて下さった。緑色のやや小さく膨らんだ虫こぶが写されていた。

イスノキの虫こぶを追いかけて観察を続けている岸本さんの熱意は、ちょっと驚きだった。庭園管理ボランティアばかりでなく、小石川後楽園のガイドボランティアや上野恩賜公園の桜守をしたり、不忍池の泥掃や他の公園のボランティアなど、私の知る限りでもエネルギッシュに活動している。植物についての知識も豊かで、教えられることが多い。

イスノキという同じ木を見ても浮島さんは木を細工する職人の目で木肌の美しさや木質を見て心に留め、岸本さんはその木を特徴付けている虫こぶに興味を持って観察研究を続けている。

それぞれに異なったアプローチをしていることに、心惹かれる思いがした。

（26）滝谷さんと青花

（第29号）２０１４年８月１日

一〇年以上前になると思うが、子どもたちの居場所「バクの会」を開いている滝谷美佐保さんから講演の依頼を受けて、達が所沢を訪ねた。それ以来、達が書く乾医院の院内紙「いのち」とＮＰＯ法人精神障害者生活支援よもぎ会の「よもぎ会通信」を送り続けてきた。滝谷さんからは「バクの会」の機関紙「バク通信」と共に「いのち」への感想や社会への思いなどを書いたお便りをいただいた。「バクの会」をやめられた後も、お便りを寄せて下さっている。

現役引退に伴い院内紙「いのち」から個人紙「あしたへ」にかわり、私が書くようになった四面の拙い文にも温かいメッセージを寄せて下さる。お会いしたことはないが、お便りから鋭い視点と共に、誠実な人柄や優しい心が伝わってきてとても親しみを感じている。

前号の「あしたへ」にも、近況報告を兼ねたていねいなお便りをいただいた。その中でイスノキにまつわる私の文にも触れて、木々についての日々の思いを書いて下さった。

今、見たいと思っている木は、クロモジの木と朴の木と言う。たまたま、どちらも近頃見る機会があった。比較的見かけることのある木なので、滝谷さんがこの木に出会った時の参考になればと思い、植物図鑑から写真をコピーしたり、木の解説を読んだりして、手紙を書いた。

間もなくハガキをいただき、朴の木は近くの旧家の庭にあったとのことだった。ちょっと役に立ったかなと嬉しかった。

さらに、今の毎朝の楽しみは青花《あおばな》がブルーに瑞々しく咲くことだと書かれていた。青花は大帽子花とも言い、染色にかかわりがある。草木染をした頃に本で読んだ。『草木染染色歳時記』（美術出版社）を開くと大帽子花が美しい挿し絵と色帛（染色した絹布）と共に載っていた。「いつの頃からか分からないが青花紙を作るために近江の草津で作り出されたツユクサの変種。花が大きく、花の汁をとって青花紙を製する。青花紙をちぎって水に浸し、その汁を友禅染めや絞り染めの下絵を描くのに用いた。下絵が流れ落ちることを利用してきた」とあった。

古名をツキクサといって、万葉集や古今集の歌に、さらに源氏物語にも、この花で衣を染めたことが書かれているそうだ。

本を眺めている内に、よもぎ会で草木染をしていた頃のことが思い出された。メンバーやボランティアの方たちと草木を集め、大鍋で煮染をしたことなど、なつかしい思い出に浸った。

私は青花を見たことがない。いつか、滝谷さんをお訪ねしながらその美しい花の咲くのを見たいものだと思う。

(27) レンゲショウマの花で思い出す

樺美智子さん

（第30号）2014年9月1日

我が家の小さなベランダに、今年はじめてレンゲショウマの花が咲いた。

レンゲショウマはとても美しい花だ。七〇～八〇センチにまっすぐ伸びた花茎から、小さな球形の蕾をちょうど提灯のように幾つも吊るす。待ち遠しい思いで、蕾がゆっくり大きく育つのを待った。七月に入って、一番上の大きな蕾の表面にひびが入り、割れるように開いて、直径三～四センチのちょうど蓮の花を小さくしたような花がうつむくように開いた。花びらのように見えるがくと、中央の筒状の花弁は肉厚で、白に近いぼかし状の淡紫色を帯び、下を向いて咲く姿はやや寂し気で気品がある。

山野草の中でも、私はとりわけこの花が好きだ。レンゲショウマの花を見ていると、花の持つ雰囲気のせいか、樺美智子さんを想い出した。

一九六〇年六月十五日、私は安保条約改定に反対する全学連のデモに友人と参加した。私がデモに参加するのは、四月二十六日についで、これが二度目だった。大勢の労働者や学生の波に呑み込まれそうだった。

デモへの参加は父に厳しく止められていた。話し合って、私が正しいと思ったら許してくれるかという私の問いに「理由など関係ない。女の子があんな所へ行くのはとにかく反対だ」と声を荒げる父。父と私との間に入って、何とか取りなそうとする母。「姉さんのせいで、家の中が暗くなる」と怒る弟。そんな中でのデモへの参加だった。

整列している時、大学自治会の委員長でもあり、研究会の上級生でもあった乾が近寄ってきて、「永山さん（私の旧姓）、あそこにいるのが東大の樺さんだよ。樺さんもお父さんと意見が合わず苦労しながら活動しているから、一度会って話してみると良いね。会えるように話してあげるよ」と言ってくれた。

きりっと締まった表情に静かな気品を漂わせて立っていた美しい女子学生、それが樺さんだった。

その日、樺さんは国会構内で警察機動隊と学生がぶつかる中、圧殺された。樺さん死亡のニュースに、雨

樺美智子さんを想い出すレンゲショウマ

の中、泣きながら抗議のデモに参加したことを覚えている。

ついに一言も言葉を交わすことはなかったけれど、あの日、垣間見た樺さんの穏やかな表情を、五〇年以上経った今も、生き生きと思い出す。その後の私の生き方、考え方に大きな影響を与えてくれた方である。

(28) 有明美術館館長の矢野英さん

(第31号) 2014年10月1日

信州・安曇野を初めて訪ねたのは、もう四年半前になる。五月初めで、空の青いこと、北アルプスの山々が雪を頂いて間近に見えたことが心に残った。

安曇野には小さな美術館が幾つもあるが、有明美術館にはケーテ・コルヴィッツの作品があるという。ぜひ行こうということになった。ホテルから歩いて二〇分ぐらいだろうか、林の中に閑かなたたずまいのこじんまりとした建物があった。他に客はなく、館長の矢野さんが案内して、ゆっくり見せて下さった。その後、御夫君のいれて下さったおいしいコーヒーを飲みながら、すっかり打ち解けて、半日、語り合って過ごした。以来、年に一、二度、安曇野に矢野さんを訪ねて、よい時間を過ごさせていただいている。

先頃、矢野さんから、貝原浩の画文集『風しもの村』(パロル舎)を送っていただいた。その原画展を有明美術館で七月十九日から八月十八日まで行なうということだった。「風しもの村」の表紙に惹かれて、早速開いてみた。見返しに画かれた一三人の老女たちの群像に胸を打たれた。それぞれにスカーフを巻き、厚い丈夫な長靴を履いた逞ましい体をゆったりと、わずかに微笑みさえ浮かべてこちらを向いている姿に、強いメッセージを感ずる。

チェルノブイリ原発事故で、放射能汚染の強かった風しもの村チェチェルスクを幾度も訪ねて、その風景やそこに暮らす人々をスケッチしたこの画文集の中で、貝原浩氏は書いている。

「サマショーロと呼ばれている人達がいます。それは行政の指導に従わないで、立ち入り禁止に指定された村に戻ってきたり、出てゆこうとしない「わがままな人」という意味です。長い時間をかけて畑を耕し、日々の営みの全てをその土地にゆだねてきた人達です。そして老いの残り少ない時を、その土地で生き切りたいと願い、覚悟して戻ってきました。――」

福島の現状と重なって、胸に応える。

原画展をぜひ見に行こうと、七月二十九日、有明美術館の開館時間に合わせて出掛けた。

静かな館内で、原画と向き合った。大きな和紙に細やかに力強く描かれた作品は、想像以上に圧倒的な力で心に迫ってきた。

この原画展を企画した矢野さんの目の確かさに敬服する。それにも増して、八〇歳を過ぎた彼女がなお保ち続けている熱意と実行力は本当に素晴らしいと思う。

(29) 従姉妹の弓ちゃん

（第32号）２０１４年11月1日

十月初旬、従姉妹の弓ちゃんに会うため、高崎へ出かけた。弓ちゃんに会うのは、母の葬儀の時以来だから六年ぶりになる。

弓ちゃんは私より一歳年下で、従姉妹同士、年も近かったのでよく往き来をした。東京の小岩に住んでいて、夏休みには金沢八景の我が家に、他の従兄弟たちも一緒に幾日も泊りがけで来て、遠浅の海で潮干狩りをしたり、お姫様や王子様に扮して劇をして遊んだりした。

正月には小岩の家に親戚が集まり、父の長兄である伯父と、当時、健在だった祖母に挨拶をし、共に一日過ごすのが毎年の行事だった。

伯父は威厳があり一見恐そうだが、子どもにはとても優しく、叱られた覚えがない。持ち寄った御馳走で新年を祝い日本画を画いていた伯父が絵の具や筆を用意し、集まった全員が大きな画仙紙の一枚には宝珠の玉をもう一枚には絵や文字を書いた。それを鴨居から下げて眺めながら一同でゼスチャーやくじ引きなどさまざまの遊びを楽しんだことが、なつかしく思い出される。

こうして子ども時代を共に過ごした私たちは、お互い孫のいる年齢となり、長いこと会わずにいても会えば直ちに「弓ちゃん」「りっこちゃん」と呼び合う間柄だ。

高崎駅まで迎えに来てくれた弓ちゃんは、小柄ながら均整のとれた体を黒の繊細なレースのロングドレスに包んで、優雅で生き生きとしていた。車で彼女の診

高崎の観音様

療所に行き、中を案内してくれた。

四人の子どもを育て、勤務医として長く仕事をした後に建てた念願の診療所だという。苦労をしながらも、常に仕事への情熱を失わず生きてきた彼女の思いが詰まった診療所は、待合室も広く、診察室も大きく、治療のためのベッドも何台も置かれていた。達も、皮ふ科の開業医で、こんな立派な診療所は見たことがないと、驚いたようだった。

七〇歳を過ぎてなお、張り切って仕事をし、休みの日にはプロ級の技を持つソーシャルダンスをし、フラダンスを楽しみ、最近は太極拳も始めたという。毎朝一、二時間かけて愛犬の散歩をしてから診察室に入るというエネルギッシュな生活に圧倒された。

高崎の観音様も拝観し、山から市内を見下ろし、一緒にゆっくり昼食を御馳走になって別れた。

子どもの頃から明るく活発だった弓ちゃんらしい前向きの生き方に刺激をもらって、私たちは私たちらしく、楽しく生活していこうねと話し合いながら帰途についた。

(30) 鈴木眞澄さんと刺繍

（第33号）２０１４年12月１日

東京・千駄木での夫婦二人の生活にも慣れて、時間的な余裕も出てきた。それで最近、久し振りにフランス刺繍を楽しんでいる。

フランス刺繍と言えば聴こえがよいけれど、私のは、本で覚えたアウトラインステッチやサテンステッチ、チェーンステッチなど、初歩的で易しい刺し方で、ランチョンマットや幼い孫たちのTシャツなどに、草花や虫、動物などを刺す程度のことである。それでも拙いながら、刺繍の図柄を考え、色を選び、一針ずつ刺して、形が少しずつ見えてくるのは、わくわくするほど嬉しい。

いろいろある手仕事のなかで、編物や刺し子などは根気が続かないが、刺しゅうは私の性に合っているのか飽きることがない。ついつい他の仕事をなおざりにして、夜も遅くまで眠気も感じず、あと一針あと一針と、続けてしまう。

こうして刺繍をしていると鈴木眞澄さんを思い出す。

精神障害者の憩いの家「ワークステイションどんぐり」を立ち上げた時、その運営資金の調達のために何度もバザーを開いた。どんぐりのメンバーと共に染めた草木染めの作品や多くのボランティアの方々の手仕事の作品などを展示販売した。そんな中、真澄さんが刺繍ができると知り、気軽な気持で願いすると、「いいですよ」との返事をいただいた。

経費を節約しようと、安い木綿の布を求めて、ランチョンマットを縫い、本から図柄を写しとって真澄さんに刺繍をお願いした。出来上ったからと持ってきて下さった作品は、芸術的とも言える見事なもので、布地の粗末さが悔やまれた。

競うようにお客さんが買ってくれたのは言うまでもない。後で知ったことだが、フランス刺繍の先生について、彼女は長い間、指導を受けていたということだった。デパートで、その教室の作品展があり、見せていただいたが、目を奪われるほどの素敵な作品群だった。

バザーの折に、私も二枚だけ求めさせてもらった。長い間に染みだらけになってしまったけれど、とても捨てる気になれず、今も大切に使っている。

一枚は赤い実をつけたサルトリイバラ、もう一枚はミョウガの花である。いつか、これをお手本にして、私も刺してみたいと思っているのだが、私の腕では、いつまで経っても、とても覚つかないことだろう。

振り返ってみれば、いつも、当然のように支えて下さる心優しい人々に囲まれて生きてきたと思う。

(31) 竹宇治君とアンデルセン『絵のない絵本』

（第34号）２０１５年1月1日

小学校五年生の二学期が間もなく終るという十二月、父の勤め先の関係で、私たち家族は金沢八景から東京都中央区の新佃島へ引越した。私は金沢小学校五年八組の級友たちに別れを告げ、月島第一小学校へ転校した。

別れる時、同級生の竹宇治君から記念にと一冊の本を贈られた。アンデルセンの『絵のない絵本』という文庫本で、表紙を開くと、しっかりした大人の文字で、「いつも仲良くしてくれてありがとう。この本は僕の大好きな本です。ぜひ読んで下さい」というような文章が書かれていた。たぶん竹宇治君のお父さんが書いて下さったのだろう。万年筆の力強い端正な字が子ども心にも印象に残っている。

竹宇治君は、どちらかというと大人しい都会的な印象の少年だった。四年生の時に転入してきたと思う。特に親しかったという覚えもないが、仲の良いクラスだった。

この贈り物はとても嬉しく、『絵のない絵本』は長く私の愛読書となった。第二次世界大戦終結の翌年、小学校へ入学した私は、その頃はまだ一冊の本も持っていなかった。焼け残った本を集めた学級文庫で借りるのが、唯一の読書だった。アンデルセンの「人魚姫」や「みにくいあひるの子」などは知っていたが、「絵のない絵本」という題名も新鮮だったし、何よりも、ちょっと大人びた感じの文庫本を自分一人の持ち物にできたことがとりわけ嬉しかった。

都会の屋根裏部屋で暮らす貧しい絵かきの若者に、月が語って聴かせる世界中の淡く短かい物語はとても美しかった。

東京に移ってからは、本棚に吉野源三郎の『君たちはどう生きるか』など、子どもたちの為の本も並ぶようになったが、私にとって「絵のない絵本」は別格だった。

長い間に度々の引越しもあり、いつか、その本も失ってしまった。六十数年ぶりに思い出して、なつかしく、図書館で借りてきた。角川文庫の川崎芳隆訳の本の初版は昭和二十五年十一月二十日になっている。とすると、私が本をいただいたのは、出版から約一カ月後だったということになる。まだまだ物の乏しかった時代に、息子の級友との別れのために、こんな心づかいをして下さったことを思い、胸が熱くなった。

竹宇治君とは、その後一度もお会いする機会を持たない。残念なことに住所もわからない。どんな人生を歩み、どうしているのだろうか。お会いして、お父さんのことを話してみたいものだと思う。

(32) 万里子さんと折り鶴

（第35号）２０１５年2月1日

昨年十一月、湯島にある「おりがみ会館」で行なわれた折り紙教室に参加した。「おりがみ会館」は和紙専門店「ゆしまの小林」が運営する和紙と折り紙の博物館で、文京区の文化遺産に指定されている。

会館は六階建てのビルで、展示室・売り場・工房・教室など、折り紙に関するものが一堂に会している。講座終了後見学したが、染めの技術や折り紙作品の見事さに圧倒された。教室の講師は館長の小林一夫氏で「ゆしまの小林」の四代目だということだった。その日はクリスマスツリーやサンタクロースを教えていただいたが、丸顔の柔和な表情の館長は話し好きで、色々な折り紙にまつわる思い出などを話してくれた。驚いたのは話している間も両手が動き、扇鶴やダックスフンド、バレリーナと次々魔法のように作品が生み出されていくことだった。

小林氏は、折り紙は親から子へ代々伝えられてきたもので、お手玉やこま回し、あやとりなどと同じ伝承あそびであり、子どもたちに、また世界の人々に伝えていきたいと強調されていた。そして、指先を使い、集中力を養い、年を取っても、目が不自由になっても楽しむことができるとも話された。

そんな話を伺っていたら、万里子さんのことをなつかしく思い出した。乾医院に通院していた万里子さんは、一枚の紙に切り込みを入れ、幾つもの鶴をさまざまな形につなげて折る「連鶴」をつくるのが得意だった。上手に折り上げた作品を度々いただいて、待合室に飾らせてもらった。そのうち、患者さんの中に、連鶴の折り方を教えて欲しいという方が何人か現れて鶴を折るグループができた。

万里子さんは大きなお寺の奥様で、大変しっかりした明るい方で、ちょっと年齢を感じさせない可愛らしい少女のような風情の、とても魅力的な方だった。愛情一杯に育った方だと思われた。

彼女の人柄で、連鶴の仲間の集まりは、ずい分長く続いていたがお年には勝てず、通院できなくなったことで、自然消滅した。その折、よもぎ会に、自分で集めた千代紙をたくさん寄附して下さった。いただきに伺ったスタッフは押入れ一杯の千代紙に圧倒されたという。

本当に千代紙が好きで、その大好きな千代紙で連鶴を折っては、まわりの人々にプレゼントして、のびやかに生活しておられたのがいかにも彼女らしいと思われた。

万里子さんが亡くなられて、もう一〇年以上が過ぎたが、今も明るい笑顔を思い出す。

(33) 急死した昭八さん

(第36号) 2015年3月1日

高橋昭八さんに私が初めてお会いしたのは、私たちが結婚して間もない頃だった。学生運動の活動家や学習会仲間が集まって、我が家で会食をした。当時、私は学生で、まだ新しい生活にも馴染んでいなかった。

食事の仕度が精一杯で、狭い部屋に溢れんばかりのお客をどう遇してよいかわからず、おどおどと戸惑うばかりだった。助けを求めようにも、達は客をもてなし楽し気に話し込んでいて、こちらへ目を向けるようすもない。

泣きたいような気分でいる私に「奥さんもこっちへ来て坐って下さいよ」と声をかけてくれたのが高橋さんだった。にぎやかに談笑している人たちの邪魔にならない静かな声かけに、情況を飲み込んでの心づかいが感じられ、私の肩からスーッと力みが抜けた。五十年を経た今でも、その時の情景をよく覚えている。

昭和八年生まれの高橋昭八さんは、樺美智子さんの亡くなった六・一五デモの裁判の被告の一人だった。全学連の活動家というイメージからは程遠い、明るくおっとりした雰囲気の方だ。達も常々「昭八は東大卒には珍らしく、東大臭さもなく権威主義的な所もない好い奴だ」と特に親しみと信頼を寄せて、愛称で「しょっぱち」と呼び捨てにしていた。達にならって私も家では昭八《しょっぱち》さんと呼ぶようになっていた。

その後、昭八さんの一人娘「梨里クン」が、私たちの長女・実花と数日違いで生まれ、家族ぐるみで親しく往き来するようになった。

私たちの引越し先の佐久へも、家族揃って車で遊びに来てくれた。みんなで散歩に出た原っぱで、「あ、スカンボ!」と私が声を上げた。「それはスカンボじゃなくてギシギシだよ」とにこにこ笑いながら言う昭八さんに、「私の田舎ではスカンボっていうんです」と言い張る私。達が「昭八は東大農学部卒で植物は専門だよ」とたしなめた。

当時の私はスカンボとギシギシの違いが判らないばかりか、ギシギシという植物があることも知らなかったのだ。その私に教えてくれる昭八さんの口調は、穏やかで微塵も見下したようすはなかった。

私たちが清水へ帰って、まだ間もないある日、高橋さんの奥様から電話があった。昭八さんの突然の訃報だった。達は「昨日、電話で元気に話したばかりなのに……」と絶句した。

高校の教師をしていた昭八さん。こんな優しく知識も豊かな先生に出会えた生徒は幸せだったと思う。彼らの心の中で、昭八さんは生き続けているに違いない。

※本章は、「あしたへ」第2号（二〇一二年五月）〜第36号（二〇一五年三月）に掲載の「身辺雑記　私の出会った人々」（全33回）を加筆・修正したものです。（編集部）

あとがき

二〇一七年十月二十二日、突然の衆議院解散で行なわれた総選挙は、自民党の大勝で終わりました。憂うつな気持ちでこの「あとがき」を書いています。以前、森友学園・加計学園が問題になっていたころの「あしたへ」に次のようなことを書きました。

「体制を維持するための、役人の世界は謹んで命令に従い、馴《な》れ合いを常とする特殊な社会です。相互扶助によって固く結ばれた特権集団です。官僚は無能な政治家を踊らせて、税金を意のままに予算化して行政を支配してきました。役人たちの縄張り根性は強固で、退職後の天下りポストまで確実に決めてあります。

ところが安倍首相と菅官房長官は、一部の官僚をブレーンにして内閣府の権力の強化を計って、官僚の人事権まで掌握して独裁体制を構築しました。

自民党の大臣病患者たちはポストを得るために、陣笠議員共は党の公認のお墨付をもらうために汲《きゅう》汲《きゅう》として首相と党幹部に絶対に盾を突けない状態です。

森友学園・加計学園双方の問題については八割の国民が疑念を抱き公正な解明を望んでいます。その経緯のなかで役人たちは「白い物を黒」と「知っていることを知らない」と「有るを無い」と言わされ、安倍政権に服従して国民の前にぶざまな醜態を晒しました。

「前川砲」「前川の乱」などと呼ばれた前川喜平・前文部科学事務次官の証言は安倍一強に対する官僚側の抵抗の現れです。それに対して、恥も外聞も全く気にかけない政府は、秘密裏に調べた前川氏の行動を女性問題だと矮小化してマスコミに流し、問題のすり替えと前川潰しを謀りました。これだけでも首相と官房長官の品性の程がわかります。

役所でも会社でも、そこに働く人間が伸び伸びと自由に意見を述べることができず、ワンマンの前で硬直した組織のなかで恐怖政治が行なわれれば、その組織は早晩崩壊します。

安倍晋三や菅義偉のような権力者に政治家や官僚が媚《こび》を売り、尻尾を振っているような状態では、日本はとんでもない国になってしまうでしょう。」（第64号、二〇一七年七月）

今回の選挙結果をみると、まさしく「とんでもない国」、暗黒の時代の序章の予感がします。しかし、このまま黙しているわけにはいきません。私も両親が亡くなった八二歳の齢になり、それも残りわずかとなりました。命のある間は己に恥じないように声をあげ続けていきます。


元町《もと》医者の独り言のような駄文を立派な本に仕上げてくださった、白澤社の吉田朋子さんにお礼を申し上げます。毎月欠かさず発行された「あしたへ」の原稿を活字にして印刷してくれた藤平温巳さん、ユニークなカバーの絵を提供してくれたよもぎ会の栗田由美子さん、表紙や本文にイラストを提供してくれたよもぎ会の皆さん、装幀を担当して下さった臼井新太郎さんありがとうございました。本の製作に携わった印刷所、製本所の皆さん、ご苦労様でした。

最後に、この本を手にとって下さった読者の方々に心よりお礼を申し上げます。ありがとうございました。

二〇一七年十月二十四日

乾《いぬい》　達《すすむ》

著者略歴

乾　達（いぬい すすむ）

1935年　静岡県庵原郡袖師村西久保（現在の静岡市清水区西久保）に生まれる。
1962年　日本医科大学卒業。東京医科歯科大学病理学教室で学んだ後、長野県佐久総合病院内科、青梅市立病院内科に勤務。
1970年　父・蕃の診療所の跡を継ぐ。
1979年　清水地域医療研究会発足。地域訓練事業（リハビリ教室）の普及に努める。
1987年　精神障害者の生活支援にかかわり始める。
1997年　精神障害者の憩いの場「ワークステーション・どんぐり」誕生。
2000年　「NPO法人精神障害者生活支援よもぎ会」設立、精神障害者の地域生活支援の活動を続ける。
2012年3月末日、診療から引退。（院内紙「いのち」399号最終刊発行）
2012年4月　準備号（2011/8～12）、新年号（2012/1）を経て、個人紙「あしたへ」第1号発行。以後、継続発行中。

乾　律子（いぬい りつこ）

1939年　現在の朝鮮民主主義人民共和国清津に生まれる。
1943年頃　茨城県北茨木市に家族とともに引揚げ。
1962年　日本医科大学在籍中に乾達と結婚。
1965年　日本医科大学卒業。
1966年　長野県佐久総合病院にてインターン修了。医師免許取得。
1970年　四人の子どもたちとともに清水へ。同年、双子を出産し、六人の子どもたちを育てながら、乾医院で診療にも携わる。
2012年3月末日　夫とともに診療から引退、東京へ転居。「あしたへ」2号（2012/5）から36号（2015/3）の四面に「身辺雑記　私の出会った人々」、37号（2015/4）から「二人暮らし」のエッセイを掲載。

元町医者《もとまちいしゃ》の人生哲学《じんせいてつがく》——老《お》いと病《やまい》と死《し》と世《よ》の中《なか》のこと

二〇一七年十二月一日　第一版第一刷発行

著　者　乾　達
　　　　乾律子

発行者　吉田朋子
発　行　有限会社 白澤社《はくたくしゃ》
〒１１２-００１４　東京都文京区関口１-29-６　松崎ビル２Ｆ
電話０３-５１５５-２６１５／ＦＡＸ０３-５１５５-２６１６
E-mail: hakutaku@nifty.com
発　売　株式会社 現代書館
〒１０２-００７２　東京都千代田区飯田橋３-２-５
電話０３-３２２１-１３２１㈹／ＦＡＸ０３-３２６２-５９０６

装　幀　装釘室　臼井新太郎
印　刷　モリモト印刷株式会社
用　紙　株式会社市瀬
製　本　鶴亀製本株式会社

白澤社《はくたくしゃ》 刊行図書のご案内

発行＝白澤社／発売＝現代書館

白澤社

白澤社の本は、全国の主要書店・ウェブ書店でお求めになれます。店頭に在庫がない場合でも書店にお申し込みいただければ取り寄せることができます。

＊「患者が主役」の医療をめざす乾《いぬい》達《すすむ》医師による健康新聞の縮刷版・編集版

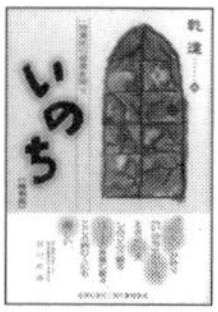

いのち〔縮刷版〕――開業医の健康新聞Ⅵ

乾 達 編

Ａ５判並製、３４４頁／SBN978-4-7684-7909-4　１７００円＋税

収録：「いのち」縮刷版（２５１号〔１９９９・１〕～２９７号〔２００３・12〕）
「どんぐり通信」から（32号〔１９９９・１〕～85号〔２００３・６〕）
「よもぎ会通信」から（１号〔２００３・７〕～６号〔０３・12〕）
精神科リハビリかるた

いのち〔縮刷版〕――開業医の健康新聞Ⅶ

乾 達 編

Ａ５判並製、３３６頁／ISBN978-4-7684-7924-7　１８００円＋税

収録：「いのち」縮刷版（２９８号〔２００４・２〕～３５０号〔０８・４〕）
「よもぎ会通信」から（７号〔２００４・１〕～58号〔０８・４〕）
統合失調症患者のケア――家族こそ治療チームの中心

いのち――開業医の健康新聞Ⅷ

乾 達 著

Ａ５判並製、２４０頁／ISBN978-4-7684-7946-9　２１００円＋税

「いのち」（３５１号〔２００８・５〕～３９９号〔１２・３〕）と「あしたへ」準備号１～３号〔２０１１・８、10、11〕、新年号〔１２・１〕をテーマ別に編集。健康・医療・教育・戦争と平和・原発事故など今を見すえ、未来にエールを贈るエッセイ。

統合失調症からの回復のヒント
――地域精神障害者生活支援の経験から

1800 円＋税

乾 達 著　四六判並製、208 頁／ ISBN978-4-7684-7956-8

町医者としての診療のかたわら、30 年近い年月を精神障害の患者さんやその家族と、診察室ではなく生活の場で共に語り合い、学び合ってきた著者による、患者さんやケアする家族への励ましと回復へのアドバイス。